所读即所见。

诗词里的中国

有书·编著

宋词

天地出版社 | TIANDI PRESS

图书在版编目（CIP）数据

诗词里的中国.宋词 / 有书编著.— 成都：天地出版社，2023.1（2023.9重印）
ISBN 978-7-5455-7244-5

Ⅰ.①诗… Ⅱ.①有… Ⅲ.①宋词—诗歌欣赏 Ⅳ.①I207.2

中国版本图书馆CIP数据核字（2022）第167054号

SHICI LI DE ZHONGGUO · SONGCI
诗词里的中国·宋词

出 品 人	杨 政
编 著	有 书
责任编辑	杨 露
特邀编辑	李媛媛　李炯炎
责任校对	张思秋
封面设计	今亮後聲·小　九
内文排版	麦莫瑞文化
责任印制	王学锋

出版发行	天地出版社
	（成都市锦江区三色路238号　邮政编码：610023）
	（北京市方庄芳群园3区3号　邮政编码：100078）
网　　址	http://www.tiandiph.com
电子邮箱	tianditg@163.com
经　　销	新华文轩出版传媒股份有限公司

印　　刷	玖龙（天津）印刷有限公司
版　　次	2023年1月第1版
印　　次	2023年9月第11次印刷
开　　本	880mm×1230mm　1/32
印　　张	8.25
字　　数	184千字
定　　价	39.80元
书　　号	ISBN 978-7-5455-7244-5

版权所有◆违者必究

咨询电话：（028）86361282（总编室）
购书热线：（010）67693207（营销中心）

如有印装错误，请与本社联系调换。

《洞仙歌》

［后蜀］孟昶

　　冰肌玉骨，自清凉无汗。贝阙琳宫恨初远，玉阑干倚遍，怯尽朝寒。回首处，何必留连穆满。

　　芙蓉开过也，楼阁香融，千片红英泛波面，洞房深深锁。莫放轻舟，瑶台去，甘与尘寰路断。莫更遣流红到人间，怕一似当时，误他刘阮。

　　2014年，成都市体育中心南侧，工人们正在施工，想要尽快完成体育中心的修缮。就在他们挥汗如雨的时候，挖到了一块大石板。一座一千年前的皇家园林被发现，由此弥补了一段鲜为人知的历史，重现了只存在于文人骚客诗词中的一段传奇。这个地方叫摩诃池，在公元585年以前这里是一整块平地。隋文帝开皇年间，蜀王杨秀被任命为尚书令，镇守蜀地。当年，杨秀为了营建成都子城，在摩诃池附近大量取土。由于用土量过大，摩诃池形成了一大片很深的洼地。杨秀转念一想，不妨把河水引入洼地，建造一个人工湖，并以这人工湖为中心，修建一座园林。起先，这个人工湖没有名字,一位西域僧人云游至此,说了句"摩诃宫毗罗",这是梵语,"摩诃"为大,"宫毗罗"为龙,意思是说此池广大有龙,于是人工湖得名"摩诃池"。

随后的几百年里,蜀地的最高领导人不断地对摩诃池进行修缮,摩诃池更是名声大振。到了唐代中叶,这里就成了成都非常著名的风景区。无论是文人雅士还是贩夫走卒途经于此,必驻足游览,留下了许多华美的诗篇。让后世文人对摩诃池心驰神往的人,是现代人不太熟悉的后蜀皇帝孟昶。他曾有一首作品《避暑摩诃池上作》:

冰肌玉骨清无汗,水殿风来暗香暖。
帘开明月独窥人,欹枕钗横云鬓乱。
起来琼户寂无声,时见疏星渡河汉。
屈指西风几时来,只恐流年暗中换。

这首作品描绘的是他与自己的贵妃花蕊夫人在摩诃池上避暑时的情景,收录在康熙年间编修的《全唐诗》中。然而也有很多文人把其收录到词选中,说它的词牌名是《玉楼春》。这个词牌名还有我们更熟悉的一个别称,名叫《木兰花》。纳兰性德词"人生若只如初见,何事秋风悲画扇"所用的词牌,便是《木兰花》。

那么孟昶的这个作品究竟是诗还是词呢?首先,就算它是词,词牌名也肯定不是《玉楼春》。历史上,《玉楼春》的格律变格有很多。所谓的变格就有点像当代的音乐,明明是同一首歌,但是不同人的编曲，给大家带来的感受也会有略微差别。然而《玉楼春》的"曲风"无论怎么变，在第五句一定是押韵的，很显然上面这首作品的第五句没有做到这一点。另外，说它是诗也略显勉强。自盛唐之后，文人们对诗的格律要求也极为严格，而上面这篇作品，却有多处不符合格律的地方。

想要探究这个秘密，就要来看看诗词的区别。初学诗词的人，很难区分二者，只觉得诗相对整齐，而词长短句结合，参差不一。其实这并非诗词的根本区别，因为诗也有长短不一的，李太白的一些诗就属于这一类型，比如《将进酒》中的："君不见，黄河之水天上来，奔流到海不复回。"

说到底，诗和词的根本区别在于他们的功能不同：在古人的眼里，诗和词完全是不同场合下有着不同用途的作品。诗是用来表达自己志向、寄托情怀的，而词在南宋以前，几乎全是用来娱乐的。

从先秦开始，古人们便有诗以言志的传统。也就是说，通过你作的诗，人们能够看出你的志向。倘若你在诗里描述了一些娱乐性的内容，那么会被很多正统的文人看不起，认为你吟诵的是靡靡之音。倘若你诗句中有"非礼"，也就是说，诗中有不符合自己身份的内容，人们就会认为你的人生都可能有很大的变故。据说，唐朝的才女薛涛八九岁时，和父亲在庭院中闲逛，父亲看见了一棵梧桐树便吟了两句诗："庭除一古桐，耸干入云中。"这两句的意思很直白，看起来很平常。一旁的薛涛很快接了两句："枝迎南北鸟，叶送往来风。"很明显这两句比她父亲作的诗高超许多。薛涛的父亲没有因薛涛的才华而兴奋，反而忧心忡忡。在他看来，薛涛的诗句中有"迎来送往"的寓意，按照诗以言志的传统，薛涛在以后的日子里很有可能会漂泊无依。后来的故事证明，果然如薛涛父亲所忧心的那样，薛涛成了一代名妓。

这个故事当然有附会的成分，然而从中也映射出古人对诗的态度。哪怕是后来擅长创作朦胧诗的李商隐，写了很多首爱情诗，但在表象之下也都蕴藏了内心的志向。而词对于大多数士大夫来说，就是纯娱乐性的"末道小技"。如果你去参加宴会，人们都陶醉在音乐、美酒之中的时候，你吟诵了一首忧国忧民的诗，士大夫会向你投去扫兴的目光。

综合上面的原因，人们认为孟昶留下的那首作品是词的可能性更大。毕竟那个时候还是五代时期，诗以言志的风俗还未消亡。而孟昶虽然是一位亡国之君，却非昏庸之主。孟昶统治后蜀三十年，这三十年里基本称得上国泰民安、文化繁荣。而在和自己的贵妃花蕊夫人游玩的场合下，他写下一首方便唱的词来活跃气氛，显然可能性更大。只是我们尚不知晓这首词的词牌名。

那事实是否真的如此？几十年后，文豪苏轼为我们拨开了一层迷雾。他回忆自己七岁那年，在眉山见到一位老尼姑。当时，那位老尼姑已经九十岁了。老尼姑说，她曾经和自己的师父在后蜀的皇宫里住过一段时间。有一天天气很热，孟昶和花蕊夫人趁夜在摩诃池上乘凉，孟昶写了一首词。作为旁听者，她至今还能记得全文。

苏轼接着说，时间又过去四十年，老尼姑早就死了，世上恐怕再没人知道这首词,就连自己也只记得开头两句。闲来无事时,他琢磨了许久,想起这首词的词牌名应该是《洞仙歌》。于是苏轼就尝试着把这首词补全了。苏轼补写出来的《洞仙歌》是这样的:

冰肌玉骨,自清凉无汗。水殿风来暗香满。绣帘开、一点明月窥人,人未寝、欹枕钗横鬓乱。

起来携素手,庭户无声,时见疏星渡河汉。试问夜如何,夜已三更,金波淡、玉绳低转。但屈指、西风几时来,又不道、流年暗中偷换。

看到这里,我们就可以做出一个比较靠谱的推测,孟昶的那首作品,很可能是后人根据苏轼的词重新规整而成。不然这首《洞仙歌》怎么会跟孟昶的作品如此相似,这显然不是巧合。为什么有人把苏东坡的词改成孟昶的呢?这也不奇怪,孟昶本来就是很有才华的风雅之人,而他的贵妃花蕊夫人,也是一个难得一见的才女。当孟昶所在的后蜀灭亡之后,宋朝的文人对后蜀还有一种怀旧式的迷恋。

讲到这里,是不是就能盖棺论定,孟昶的那首作品,就是后来人虚构的呢?时光又过去了百年,南宋理宗年间赵闻礼在《阳春白雪》给出了答案:北宋末年,原本高阁周建、台榭参差的摩诃池,早已经变得荒凉。蜀帅谢元明奉命开浚摩诃池,挖出一块石碑,上面写着本文开头的那首词——《洞仙歌》。

究竟赵闻礼在《阳春白雪》中记载的这件事情是真是假,已经无从考证了,但词中故事却令人遐想。类似的故事还有很多,因此,本书将带领大家进入词的世界,推开一层一层的迷雾,深入挖掘隐藏在诗词背后的故事,感受中国古典文学之美。

唐诗代表的是以歌言志的盛唐气象,蕴含了很多情怀;而宋词风格会更加轻松明快,能让人感受文字间蕴含的音乐之美。本书精选了二十五首不同词牌的词,第一章选取北宋最为繁荣时期的词,让读者领略太平盛世下的文学;第二章将两位风格比较相似,但社会地位完全不同的词人——柳永、秦观的词进行对比——这两位词人让词这个原本主要在士大夫之间流行的文学形式逐渐被平民百姓所接受;第三章把大文豪苏东坡单独归列为一个板块,他学贯古今、集百家之所长,创作的词能够兼顾婉约与豪放两种风格,也让豪放风格的词开始崭露头角;第四章是南宋的词,国家危急存亡之际,人们哪怕在饮酒时也愿意把家国情怀寄托在词中;最后一章,让我们重新领会词的内涵,在了解宋词文辞之美后再来感受词背后蕴含的理性。

好了,接下来让我们一起学习宋词文化,一起品味宋词之美吧!

目录 诗词里的中国

第一章　北宋盛世之音

清平乐·金风细细 — 002

浣溪沙·一曲新词酒一杯 — 012

渔家傲·秋思 — 022

玉楼春·尊前拟把归期说 — 034

鹧鸪天·画毂雕鞍狭路逢 — 042

第二章　风格与地位的碰撞

满庭芳·茉莉花 — 054

鹤冲天·黄金榜上 — 064

雨霖铃·寒蝉凄切 — 074

踏莎行·郴州旅舍 — 082

鹊桥仙·纤云弄巧 — 090

第三章　词圣苏东坡

蝶恋花·春景 — 100

念奴娇·赤壁怀古 — 110

江城子·密州出猎 — 120

水调歌头·明月几时有 — 128

临江仙·夜归临皋 — 138

第四章　南宋的婉约与豪放

声声慢·寻寻觅觅 — 150

满江红·写怀 — 160

钗头凤 — 172

永遇乐·京口北固亭怀古 — 184

暗香·疏影 — 194

第五章　回归音律本身

虞美人·春花秋月何时了 — 208

相见欢·无言独上西楼 — 218

定风波 — 228

六丑·蔷薇谢后作 — 238

一剪梅·红藕香残玉簟秋 — 248

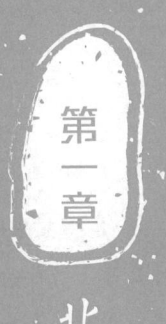

第一章

北宋盛世之音

清平乐·金风细细

清平乐，唐教坊曲名，后为词牌名。此调别名有《清平乐令》《忆萝月》《醉东风》。王灼在《碧鸡漫志》中引《松窗录》说道：开元年间，宫苑里初种牡丹，四种颜色竞相盛放，唐玄宗和杨贵妃一行人前去赏美景。供职乐师李龟年手拿檀板站在众多乐人前将要演唱时，唐玄宗因他用旧词不快，随即命李龟年去寻李白，让李白速速献上《清平调词三首》。李白奉旨作好词后，唐玄宗就命众多梨园弟子依格调，抚丝竹，唱新词。五代欧阳炯在《花间集序》中亦有记载说李白作了《清平调》四首。因此，此词调被认为是由李白所创。

金风细细，	⊕平⊕仄，
叶叶梧桐坠。	⊕仄平平仄。
绿酒初尝人易醉，	⊛仄⊕平平仄仄，
一枕小窗浓睡。	⊛仄⊕平⊕仄。
紫薇朱槿花残，	⊛平⊕仄平平，

第一章 北宋盛世之音

斜阳却照阑干。	⊕平⊕仄⊕平。
双燕欲归时节，	⊕仄⊕平⊕仄，
银屏昨夜微寒。	⊕平⊕仄平平。

晏殊

【声律】

◎双调，四十六字，上下阕各四句。

◎押仄声韵换平声韵。上阕押"细""坠""醉""睡"四仄韵；下阕押"残""干""寒"三平韵。

公元1055年2月27日，春天的脚步还没有来到中原大地，汴京城内最显贵的一群人却实实在在地体会到了什么叫"无可奈何花落去"……

这一天，北宋词坛陨落了一位先锋领袖，赵宋王朝失去了一位台阁重臣。宋仁宗因为没能见他最后一面而遗憾万分，专门辍朝二日，让满朝文武共悼哀情。

这个人，自少笃学，身患重疾仍手不释卷，最终官拜集贤殿大学士、同平章事兼枢密使，成为荣耀傍身的宰相。这个人，缜密持重，从基层平步青云，在权力顶峰游走五十年，始终明哲保身。这个人，诗文能为天下所宗，尤以词作著于文坛。自晚唐以来，柔靡哀婉的花间词风，在他手中变成了温婉秀丽之作；在两宋期间，风头无两的婉约词派，更是视他为开路先锋。他就是被称为"北宋倚声家初祖"的晏殊。

晏殊是有名的神童，七岁的时候，便以一手好文章闻名乡里。后来朝廷官员到地方巡视，发现了他，于是带回朝廷，推荐给了宋真宗。真宗特别热衷于选拔天才少年，临朝二十六年，组织的"童子举"高达十二次，几乎与正常科举次数相当。十四岁的晏殊正好赶上了时代红利，一来到汴京，便与来自全国各地的一众童子一同参加了殿试。

在一场诗赋考试中，晏殊跟宋真宗说，这些考题自己做过，并主动要求换卷重考。真宗随即单独命题，晏殊镇定自若，很快就完成了答卷。经此一事，皇帝对这个既诚实又有才华的少年，留下了很深的印象；再观其文章，的确老练成熟，于是便赐晏殊同进士身份，许他正式入朝为官，擢秘书省正字。这也成为晏殊大好前程的一个起点。

如果说初次面圣的坦诚，只是一个少年的率性而为、误打误撞，那么入仕之后，晏殊还将因为恪守这份纯真本性，而不断得到命运的嘉奖。

话说晏殊为官之初，大宋王朝承平日久，举国上下皆是一番莺歌燕舞的盛景。朝廷官员拿着高薪，流连于花街柳巷、酒肆歌坊，宴饮狂欢成了一种社会风尚，一时间衙门里反而不见人坐班。有臣子向真宗谏言，真宗却笑说："人们纵情享乐，倾情饮酒，不正显我大宋富贵繁华的盛世气象？"

不过，放任归放任，若是真的有谁能在这种风气中，做到"两耳不闻窗外事,一心只读圣贤书",宋真宗也会格外珍惜。于是,再一次"与众不同"的晏殊被发现了。

真宗听说,晏殊从来不跟同僚们宴会游乐,每天都在家读书,还给弟弟们讲习诗文,于是十分好奇,召来一问,晏殊直言不讳地回禀道:"我不是不喜欢出去玩,只是囊中羞涩,没法跟同僚们一起消费罢了;如果我有钱,就跟他们去了。"

晏殊的诚实再一次打动了真宗,恰好刚刚册立的太子缺少一位伴读师傅,眼前这位诚实好学又颇具天赋的青年,便成了不二人选。于是,真宗当即下令,授他太子舍人,在东宫行走。

晏殊从政十分稳健。每当皇帝有问话,他不像其他朝臣直接应答,而是深思熟虑后,将建议以小字写于方寸纸片,再呈交给皇上。这样既避免了殿上对答思虑不周,也充分地表达了自己的想法。这一做法得到了真宗的称赞,也让他的仕途顺风顺水,绝少出现差错。

公元1022年,宋真宗去世,年仅十三岁的宋仁宗继位。宰相丁谓、枢密使曹利用,都想独自向当时的太后汇报朝政,以此独揽大权。朝中一时争论不休,官员们也都束手无策。关键时刻,晏殊站了出来,建议太后"垂帘听政",此建议一出便迅速得到朝臣的支持,对确保政权平稳过渡起到了至关重要的作用。

公元1029年,晏殊升任兵部侍郎、翰林侍读学士兼秘书监。后来宋夏战争爆发,晏殊建议仁宗罢去内臣监军,给予前线将领充分的军事自主权；还建议整顿财税制度，清理官中积压的财物，调配全国资源优先供给前线——最终，这些建议全部被采纳，宋军很快打败了西夏。

公元1042年，晏殊以刑部尚书、同平章事兼枢密使的身份，成为宰相。他与范仲淹等人一起，推行官学教育制度，改革科举考试，史称"庆历兴学"，为仁宗、英宗、神宗三朝培养了无数肱股之臣。

事业上的成就，并没有消磨掉晏殊的生活情趣。相反，北宋朝廷对臣下的优厚待遇，让曾经没钱消费的穷小子，慢慢拥有了可以尽情挥霍的财富。正如他自己说的那样，"如果我有钱，就跟他们去了"。随着社会地位的飞升，宴饮席间的行令之词在晏殊的创作中逐渐多了起来。一首《迎春乐》，写尽了晏殊在烟花场所的赏心乐事：

长安紫陌春归早。舚（duǒ）垂杨、染芳草。被啼莺语燕催清晓。正好梦、频惊觉。

当此际，青楼临大道。幽会处、两情多少。莫惜明珠百琲（bèi），占取长年少（shǎo）。

繁华的都城中，春天似乎来得比以往更早。垂杨绿草，莺啼燕晓之际，男男女女于青楼幽会，多少衷情在此诉说，便是明珠宝物，也不及这相聚一刻。

富贵闲人的生活情趣,造就了晏殊词作独有的闲雅圆融——这种风格是生在乱世的文人所不能拥有的,也是在盛世不得志的人无法拥有的。因此,同样给人华贵之感,温庭筠词的华贵更多在于辞藻,如"小山重叠金明灭",而晏殊词的华贵,则来自他注入其中的闲雅心境。同样擅长写闲情词,冯延巳多代入妇女视角,用比兴的手法,去书写那些上不得台面的诣媚心境,如"风乍起,吹皱一池春水";而晏殊则擅长描写客观景象,用意象的排列组合,把词人内心的思想情感糅合进去。这首《清平乐·金风细细》就是最好的注脚。

北方梧桐树多,每逢秋冬便有落叶缤纷之景,因此词人素来喜欢用梧桐叶落反映秋风萧瑟无情。但是这一幕在晏殊笔下,却是一片宁静祥和,"金风细细,叶叶梧桐坠",细细微风带走一叶叶金黄,空枝的梧桐树上还留着秋风走过的痕迹。

"细细"与"叶叶"的搭配,十分巧妙。"细细"是形容词,写的是秋风悠闲平静的样子;"叶叶"是量词,写的是树叶一片接一片坠落,既有层次又有秩序的样子。两组叠词,分属两句但首尾相连,在内容和音律上,共同营造出不慌不忙、岁月静好的氛围,奠定了整首词的情绪基调。

秋风和畅,最容易让人犯困,特别是喝点小酒之后。古人酿酒提醇的办法不够成熟,酒色常呈黄绿,词人小酌几杯甘醇绿酒,就难以抵挡困意来袭。"绿酒初尝人易醉,一枕小窗浓睡",小酌何以"易醉"?初尝何以"浓睡"?可能只有满腹闲愁使然吧!

如果说上阕写的是睡前的见闻，那么下阕更像是醒后的景象。绚烂热情的紫薇和朱槿，在初秋时节渐渐零落，午后温暖的阳光，穿过栏杆，斜着照进来。燕语呢喃，将要双双南归。一夜微凉，那静静伫立的镶银屏风，似乎也因秋天的到来而染上一丝凉意。

紫薇和朱槿，是夏末秋初绽放的花朵。秋日来临，花事荼蘼，在斜阳的照耀下更显得无可奈何。燕子是随季节变化而迁移的候鸟。秋风渐起，北燕南飞，它们成双成对地归巢，反而衬托出词人孤独，空守一夜寒凉。

后四句中有四个意象，全部指向时间。花鸟反映了一年四季之变化，而夕阳与银屏则反映了白昼黑夜之交替。初读很难拆解出来，因为词人用整体画面，把所有意象包裹在了一起，捧到读者面前；仔细琢磨就会发现，时间的变化并非抽象不可见，而是在极其纤细幽微的地方捕捉到这种变化，这便是晏殊作为词人，细腻敏锐之处。

王国维在评价冯延巳的时候曾说，冯正中词"上翼二主，下启晏欧"，"晏同叔得其俊，欧阳永叔得其深"。所谓"晏同叔得其俊"，说的正是这种细腻敏锐的感知能力。这样的词不需要有理性的思考，也不需要有浓厚的情感，只凭词人从纤细景物中传达出来的感受，就足以传达出诗意。

秋风梧桐，残花飞燕，显然不是富贵人家独有的景观，但在晏殊的笔下，写出了不平常的情致。因为真正的富贵，不是珠玉金石堆砌的，而是那些百无聊赖的人，肆意消磨时光，以雅兴和诗意的方式体悟生活，再用工笔画一般的笔触呈现出来——这是那些天天为名利奔忙的人所无法体会的。

司马迁说"《诗》三百篇，大抵圣贤发愤之作"，欧阳修说"诗穷而后工"，王国维说"天以百凶成就一词人"——这些观点共同指向一种审美方法论，就是：只有经历过困苦的人，才能写就伟大的文学作品。李后主、曹雪芹、屈原、贾谊、李商隐……无不反复论证这一观点。

反观晏殊，他富贵显达、顺心遂意的一生，似乎是诗词创作的原罪。因为没有过长时间的困顿，所以他发出的感叹要么空洞无味，要么无病呻吟。因为总是描写闲愁慵懒，所以词作既无深度，也无广度。比如李清照就批评他太过直白、无铺叙，难免流于平庸。

不过，这或许只是一种文学审美的偏见，晏殊毕竟形成了独特的艺术风格。晏殊的词集叫《珠玉词》，这个名字就是他艺术风格的最佳总结——像珠子一样圆柔，像美玉一样温润。没有特别亮眼的辞藻，也没有跌宕起伏的情感冲突，他想要表达的一切东西都是温温吞吞、珠圆玉润的……

清平乐·年年雪里 李清照

年年雪里,常插梅花醉。挼尽梅花无好意,赢得满衣清泪。

今年海角天涯,萧萧两鬓生华。看取晚来风势,故应难看梅花。

清平乐·村居

辛弃疾

茅檐低小,溪上青青草。醉里吴音相媚好,白发谁家翁媪?

大儿锄豆溪东,中儿正织鸡笼。最喜小儿无赖,溪头卧剥莲蓬。

浣溪沙·一曲新词酒一杯

浣溪沙,唐教坊曲名,唐时开始用作词牌。此词牌别名很多,包括《小庭花》《减字浣溪沙》《满院春》《醉木犀》《霜菊黄》《广寒枝》《试香罗》《清和风》和《怨啼鹃》。"沙"又作"纱"。浣溪沙,有说若耶溪,在会稽(今浙江绍兴)若耶山下,传说是西施浣纱之处。《会稽记》:"勾践索美女以献吴王,得诸暨苎萝山卖薪女西施、郑旦,先教习于土城山。山边有石,云是'西施浣纱石'。"

一曲新词酒一杯,　　　⊗仄平平⊗仄平,
去年天气旧亭台。　　　⊗平⊕仄仄平平。
夕阳西下几时回。　　　⊗平⊕仄仄平平。

无可奈何花落去,　　　⊕仄⊗平平仄仄,
似曾相识燕归来。　　　⊗平⊕仄仄平平。
小园香径独徘徊。　　　⊗平⊕仄仄平平。

晏殊

第一章 北宋盛世之音

【声律】

◎双调,四十二字,上下阕各三句。

◎押平声韵。上阕:杯、台、回,三平韵;下阕:来、徊,二平韵。

都说愁苦之词易工,欢愉之词难好,晏殊偏偏能写出中国文学史上最有审美趣味的欢愉。

宋人笔记里有这样一则故事:晏殊读到李庆的《富贵曲》,对其中"轴装曲谱金书字,树记花名玉篆牌"之类的渲染很不以为然,只觉得一股暴发户的气息扑面而来。

"真是一副乞儿相啊,写这种句子的人一定没过过真正富贵的日子。"晏殊说。

晏殊最有资格摹写富贵,要领是抛弃金玉之类的俗物,只从侧面写富贵的"气象",使满堂金玉成为字面之外的余味。或者是"楼台侧畔杨花过,帘幕中间燕子飞",或者是"梨花院落溶溶月,柳絮池塘淡淡风",晏殊拿出如此两联自鸣得意的词句说:"穷人家能有这般景象?"

穷人家不但没有这般景象,就算有,也因为陷在柴米油盐的算计里而少了能看到这景象的闲情逸致。在这简简单单的杨花、燕子、月光和微风的背后,呼之欲出的其实正是权势、财富和品位。

这就是晏殊的"气象",散淡闲适的背后是富贵逼人,这真不是旁人能够轻易模仿的。

他善于通过自己的词，含蓄、细腻地抒发这些感情，这在客观上振兴了北宋词坛，将晚唐、五代时期的词风带入一个新风格。

话说有一次，晏殊出公差路过扬州，暂住在了大明寺里。在这个远近闻名的古刹中，有一面很特别的墙壁，上面写满了过往文人墨客的题诗。

晏殊闲来无事，便让随行的官员给自己朗诵上面的句子。没承想，念了几十首都没有遇到佳作。

就在他有点儿不耐烦的时候，一首题为《扬州怀古》的诗吸引了他的注意。一打听，这首诗的作者就是扬州本地官员，名叫王琪。晏殊十分开心，就设宴招待了王琪，两人边饮酒边交流诗词，十分投缘。

席间，晏殊不经意地提到，自己多日前偶得了一句"无可奈何花落去"，苦思了好几日，都没有一个合适的下句，着实让人遗憾。

王琪沉吟了片刻，对着眼前的春日景色，说了一句："何不接'似曾相识燕归来'？"

晏殊听后狂喜，越发赏识眼前这个年轻人，于是当即决定提拔他到自己身边任职。一联浑然天成的对子，也成就了晏殊最广为流传的一首词——《浣溪沙·一曲新词酒一杯》。

看似不经意的场景，其实已经埋下了淡淡的感伤。

词人边饮酒边填词，思绪纷飞，昨日重现眼前。一样的天气，一样的亭台楼阁,一样的夕阳西下,但是思绪可以回去,时间却回不去了。

回不去的不止时间,还有已经义无反顾落下来的花瓣。燕子又飞回来了,但他们还是去年的老朋友吗?

词人不知道,也无法知道。他能做的,不过是在花园小径上踌躇徘徊罢了。

这首词跟他一贯的作词风格一样,没有夺人眼球的辞藻,也没有震撼人心的情感冲突,所有的意象组合在一起,呈现出来的画面也是淡淡的,但是隐隐约约之中,好像有一种孤独感反复在心间敲打。

"一曲新词酒一杯,去年天气旧亭台。"写的是词人一边填词一边饮酒的场景。一开始,新酒新词让人轻松喜悦,似乎主人公十分醉心于宴饮涵泳之乐;然而,话锋一转,暮春天气与往年别无二致,亭台楼阁在时光面前也保持不变。一种隐忧出现了:一切依旧的表象下,分明有某些东西难以逆转,置身其中的作者既说不清也不愿意说清楚。

夕阳西下,是无法阻止的,只能寄希望于它的东升再起,而时光的流逝、人事的变迁,却再也无法重复。细味"几时回"三字,所折射的似乎是一种企盼其返却又情知难返的心态。

"无可奈何花落去,似曾相识燕归来。""无可奈何"承接上一句的"夕阳西下",自然规律的无法抗拒,惋惜之情的于事无补都塞到了这四个字里。在这暮春天气中,并非只有无可奈何的凋零，不是还有归来的燕子吗？它们是去年在此安家的旧相识吗？好像是吧，又好像不认识……

词人无法判断，但伤春惜春之情已经抑制不住了。"小园香径独徘徊"，不如让自己消失在这一片哀愁的情景中吧……

晏殊被称为"富贵宰相"，但是他的生活却无比节俭。

他在给兄弟的家书中写道："我的家人和仆役等人，每两日吃一顿猪肉，而且约定重量；如果买鱼或其他的肉，要和猪肉的价值差不多，以此来维持生活。"

其实晏殊不仅在生活中节俭，府上的宴会也尽可能简化。他从不准备什么大鱼大肉，而是等客人来了，才开始简单布置。每人一个空盘、一个酒杯，斟了酒以后，慢慢上水果小菜——与当时风行的奢华酒席截然不同。

熟悉晏殊的人，把这称为"空杯宴"。宾客上座，杯盘中居然空无一物。

可即使如此，晏家的聚会还是热闹非凡，有歌乐相伴，众人谈笑风生。酒过三巡，桌上食物慢慢变得丰盛，晏殊便让歌姬、乐师退场，说道："各位大人，酒食欢笑已过，该看看我们各自的文采了。"

说罢，众人便即兴挥毫。在众多文人雅士中，宋庠、宋祁兄弟和欧阳修等人是常客，晏殊和他们一唱一和，创作了不少佳作。比如这首《诉衷情》：

> 芙蓉金菊斗馨香，天气欲重阳。远村秋色如画，红树间疏黄。
> 流水淡，碧天长，路茫茫。凭高目断，鸿雁来时，无限思量。

时近重阳，洁白的芙蓉和灿烂的金菊争相开放，反显出一片春天的景象。远处的山村如文人高士手中的画卷一般，漫天的红叶中，间或有些黄叶尚未枯尽，仿佛在留恋这个世界。

流水清澈，看起来十分浅淡；天空一片晴朗，好像被洗过一般；游子脚下的道路，苍茫遥远，一时间难以走完。身在远方的妻子，只得在金秋时节，去高处望向夫君远行的方向，看见鸿雁飞来，引起心中无限的思念。

在这期间，晏殊虽做出不少政绩，但心态已然放开，不再追求官场上的进步。如果说以前，他是一位积极稳妥的政客，那么后来，他逐渐成为一位通达明理的老者，偶尔感慨时光。另一首《浣溪沙》，可以反映他此时的心态：

> 一向年光有限身，等闲离别易销魂，酒筵歌席莫辞频。
> 满目山河空念远，落花风雨更伤春，不如怜取眼前人。

"一向"在诗词里有两个意思，其一代指长久，其二意为短暂。这里是"短暂"的意思，一年中最美好的春日时光，总是那样短暂，就像人的生命一样。"等闲离别易销魂"，本来生命就无常，年光不停留，生命也不停留，而在这短暂的人生中，还有种种聚散离别的遭遇和悲哀。

"酒筵歌席莫辞频"，于是，只能希望常常在酒筵歌席之中，用听歌、喝酒来排遣无限的悲哀。"满目山河空念远，落花风雨更伤春，不如怜取眼前人"，但是，无常和离别是每个人都需面对的。

每个人的生命都是无常的，每个人都会面临聚散离别。看到遥山远水，便会怀念远方的亲人；看到风雨把花摧残得落满一地，便会为春天的离去感到悲伤。

可他是晏殊，他不会像李后主一样不加节制地让情感泄洪，发出"人生长恨水长东"这种深沉的感叹。他老成持重，因为他总有办法安排好一切，所以他奉劝诸君——"不如怜取眼前人"。

无论是念远还是伤春，不会回来的永远不会回来，不如把握现在，好好地对待身边的朋友，好好地享受此刻的光阴。

从这里也能看出，晏殊的确从晚唐、五代的词人那里汲取了很多养分；从词的题材来看，离别愁绪、思念难耐仍是他词中常见的主题，山、水、月、鱼、燕，也都是他喜欢用的意象。

不同点在于，晏殊的词气象虽然华贵，但情感却并不浓烈。细细品读，还会发现其中的理性哲思。

他善于站在更大的时间和空间，去反思自己的感情和经历。这样的词，不仅给人美的享受，也给人思想上的回甘。

这就像一杯醇厚米酒，一口抿下，只觉微甜带涩，却止不住地想多喝一些，可如果真的一口口、一杯杯地喝下肚，便会在不自觉中上头……

浣溪沙·漠漠轻寒上小楼

秦观

漠漠轻寒上小楼,晓阴无赖似穷秋。淡烟流水画屏幽。

自在飞花轻似梦,无边丝雨细如愁。宝帘闲挂小银钩。

浣溪沙·细雨斜风作晓寒 苏轼

细雨斜风作晓寒,淡烟疏柳媚晴滩。入淮清洛渐漫漫。

雪沫乳花浮午盏,蓼茸蒿笋试春盘。人间有味是清欢。

渔家傲·秋思

渔家傲，词牌名，自晏殊起才开始有此调。宋《青锁集》记载：传说江南有一位李先生，号同客人，吟唱《渔家傲》，声调清响悲激，如同从云霄传来。他的词中说："二月江南山水路，李花零落春无主。一个鱼儿无觅处。风和雨，玉龙生甲归天去。"大家听了，有人给钱，他不接受；有人给酒，他便不推辞。甲辰年二月，这位李先生去世，当人们要埋葬他时，却不见尸首。人们这才反应过来，"同客"就是"洞宾"，李先生就是唐代道士吕洞宾。词中说"李花零落"，暗示南唐皇帝李昪死于甲辰年。

塞下秋来风景异，	仄仄⊕平平仄仄，
衡阳雁去无留意。	⊕平仄仄平平仄。
四面边声连角起。	仄仄⊕平平仄仄。
千嶂里，	平仄仄，
长烟落日孤城闭。	⊕平仄仄平平仄。
浊酒一杯家万里，	仄仄⊕平平仄仄，

第一章　北宋盛世之音

燕然未勒归无计。　　　⊕平⊗仄平平仄。
羌管悠悠霜满地。　　　⊗仄⊕平平仄仄。
人不寐，　　　　　　　平⊗仄，
将军白发征夫泪。　　　⊕平⊗仄平平仄。

范仲淹

【声律】

◎双调，六十二字，上下阕各五句。

◎押仄声韵。上阕押"异""意""起""里""闭"五仄韵，下阕押"里""计""地""寐""泪"五仄韵。

公元1015年，一个叫作朱说（yuè）的年轻人，来到了北宋首都——汴京城。在这个楼台林立、奢靡成风的都城，他穿着简单破烂的衣服，背着一个破包，显得与周围格格不入。

不过没有关系，贫寒书生的身份不会跟他太久：一场考试之后，他将跻身这个国家最有前途的一批人；几十年之后，他将成为这个时代最有影响力的一颗明星；几百年后，他还会因为文武双全、才德兼备，而成为"天地间第一流人物"、儒家文化精神的一座丰碑。

只不过，历史书上的他，没有用"朱说"这个代号，而是另外一个更加响亮的名字——范仲淹。

范仲淹本是徐州节度使掌书记范墉的儿子，两岁的时候，父亲去世，母亲谢氏改嫁给淄州一位姓朱的人家，于是范仲淹的名字就被改成了朱说。

朱家家境殷实，给他提供了良好的学习环境，也让他从小就明确了自己的人生目标。相传，十六岁的一天，朱说和几位朋友到一个古寺求签。朋友们都在问富贵姻缘，朱说却问："我日后能做宰相吗？"签答"不能"；朱说再问："那我能做良医吗？"签再答"不能"。

这个结果，让他深感不服，于是更加发奋读书。后来，朋友们问他："大千世界，为何只做宰相与医生呢？"他笑着说："良相可医天下人，而良医可医身边人，这都是救人的行当。"

如果岁月一直静好，日后进京应试的就应该是一位翩翩公子，但命运偏偏有自己的安排。朱说二十三岁的时候，朱家父亲去世了，几个兄弟因为无人管束，每天沉溺在酒席之中，连学业都荒废了。

朱说义愤填膺，便找到酒肆大骂朱家兄弟对不起死去的父亲。没想到，朱家兄弟反而大声喝道："我朱家的事和朱家的钱，与你有何干系？！"

朱说这才知道：原来自己姓范，并非朱家亲生骨肉。他的心情很复杂，一时不知如何面对，只好灰溜溜地收拾行李、告别母亲，到应天府求学去了。

北宋的应天府即今天的河南商丘。著名教育家戚同文，在此地开设书院，广招学生，书院学术氛围浓厚。朱说刚到应天府时，没有稳定的生活来源,日子过得非常拮据。为了节省粮食,他都是下午两三点钟才吃饭,煮一碗粥就着咸菜就是一顿饭。

有一次,宋真宗驾临应天府,下诏请臣民吃酒席,应天城万人空巷,众人都想一睹当今圣上的风采。唯独朱说一人,还坐在书斋里埋头苦读。

后来有人问他为什么不去,他只回答:"书读不好,面圣也没有用;书读好了,以后有的是机会。"

这句话一点儿也不假。四年之后,二十七岁的朱说,来到汴京参加殿试,果然一举登科,中了乙科第九十七名,授广德军司理参军,掌管讼狱、案件事宜。有了朝廷俸禄的朱说,把母亲接到身边来孝敬,同时恢复了本姓。

"朱说"这个名字,与寒门儒生的身份一起,成了过去式;大名鼎鼎的范仲淹,正式登上了历史舞台。

多年的苦学让范仲淹厚积薄发,在官场上连连升迁,不过他并没有因仕途的顺利而染上半点官场陋习,他还是那个刚直不阿、一身正气的朱说。

他从不私下妄议朝政,有问题就公开讨论;他从不让自己闲着,在母亲去世丁忧期间,还向宋仁宗递了一封万言书,奏请裁汰冗员,安抚将帅。

此时,晏殊遇到了官场中的一个小挫折,被贬到了南都应天。他在这里听闻了范仲淹的种种事迹,大受感动,于是就请范仲淹回应天书院当老师。

范仲淹很愉快地答应了，他明白，无论是做宰相还是当良医，他的最终目的，是为天下苍生谋福；而此刻，当一名老师，让学生们像自己一样用知识改变命运，是更好的选择。

执教期间，他勤勉督学、以身示教，凭一己之力使应天府学风焕然一新。也是在这段时间，他针砭时弊，积极提出政治改革建议，得到了晏殊的大力推荐。

可当范仲淹越往上走，他的优点却也慢慢成了别人眼中的缺点。他实在是太过耿直。大家突然发现，朝廷一下多出了一个"刺头"，而且专挑位高权重的人下手。

当时，宋仁宗已成年，刘太后依旧垂帘听政，于是范仲淹在入京的第二年就提出——太后应该把政治大权还给皇帝。太后听说这事儿，怒不可遏，一道命令又将他贬到地方。几年后刘太后去世，宋仁宗念范仲淹的好，这才把他调回京师。

谁知，宋仁宗根本就是自找麻烦。他想废掉郭皇后，范仲淹马上站出来反对，还带着人到殿上高呼："皇后没什么大错，怎么能说废就废呢！"仁宗无奈，只得又把范仲淹贬出了京城。

三年后，范仲淹在地方取得了不俗的政绩，再次返京。这一次，他又将目标对准宰相吕夷简。他向宋仁宗进言："吕夷简任人唯亲，徇私枉法。"结果不出所料，他又被调离了京城。

为此，范仲淹的好友、诗人梅尧臣写了《啄木》诗劝他："中园啄尽蠹（dù），未肯出林飞。不识黄金弹，双翎坠落晖。"啄木鸟偏要把园中的害虫啄清，否则不愿意离开林子；却不知背后早有弹弓瞄准它,最后被打落了下来。梅尧臣的意思很清楚,他是劝范仲淹不要当啄木鸟,应该懂得收敛退让,否则会吃大亏。

可是范仲淹只回了八个字:"宁鸣而死,不默而生。"这句话后来也被胡适引用,成为新文化运动的口号之一。

一个人的一生中,哪怕有一次鼓起勇气反抗权威,都是件极不容易的事。可范仲淹却一而再,再而三,愈挫愈勇,七八年间,他竟遭三次贬官,又三次进京,没有坚定的信仰是坚持不下来的。

公元1041年,西北战事告急,范仲淹和欧阳修拜谒宰相晏殊。晏殊请二人到园中赏雪。酒过三巡,晏殊按照惯例,与范仲淹、欧阳修题写诗词,以助酒兴。欧阳修献上《晏太尉西园贺雪歌》:"主人与国共休戚,不惟喜悦将丰登。须怜铁甲冷彻骨,四十余万屯边兵。"

宴会的主人位高权重,理应与国家同悲欢、共命运,哪能因为一时的高兴就大摆宴席呢?他难道不清楚,边关还屯留着几十万大军,在寒风中与铁甲为伴吗?欧阳修表面上贺喜,实际上讽刺晏殊作为宰相却不能体恤边士疾苦。

不等晏殊回应,耿直的范仲淹也说话了:"欧阳老弟,此时作诗似乎不太应景,还是应该作首词吧!"

范仲淹这句话是什么意思呢?

我们现在看来,诗词都是脍炙人口的文学体裁,但在北宋时期,诗与词其实有很大差别。诗的地位更高,多用于士大夫抒发国家兴亡、民生疾苦、胸怀抱负等感慨。而词呢？多由歌女所唱，是宴会娱乐的应时之作，表意也更加委婉含蓄。

所以，范仲淹建议欧阳修作词，而不是写诗，其实是在隐晦地告诉他：要注意场合，跟晏殊提意见，用撕破脸的方式不可取；不如更应景一点，毕竟晏殊也不是个不通事理、听不出好赖话的人。

范仲淹看欧阳修没反应，于是拿出了一首自己的旧作——《渔家傲·秋思》。这是一首反映边关军事的大作，是范仲淹在西北守边时写下来的。词的上阕低沉婉转，下阕慷慨雄放，与花间词完全是两个气象风貌。

塞上秋景与内地大为不同，一片肃杀苍凉，连南飞的大雁都毫不留恋，唯有将士们在此留守。连营军阵的号角四处响起，全军将士严阵以待。崇山峻岭之间，长烟缭绕、残阳斜照。眼前一座紧闭的孤城，真让人感慨无限。饮下一杯浊酒，不由得想起故乡亲人，眼下战事未平，功名未立，还不能早作归去的打算。远方传来羌笛的悠悠之声，才发现夜已经深了，地上结了厚厚的一层霜，在外征战的人没有一人入眠。这战争多残酷呀，霜雪染白了头发，泪水迷离了眼睛。

起句"塞下秋来风景异"，点明了词人所在的时空。"塞下"指的是延州（今陕西延安）边关——防御西夏进攻的军事重镇。"秋来"指的是初秋。初秋时节，大雁南飞。古代传说，雁南飞的终点在衡阳，"衡阳雁去无留意"说明候鸟早已厌恶了塞下萧瑟荒凉的环境，心里只想着南飞，对此地没有一丝留恋。"无留意"三个字尽显笔力遒劲，像一个惊叹号，把整首词推向第一个小高潮。

"四面边声连角起"，军号声的出现，渲染了一种浓厚的悲凉气氛，为下阕的抒情蓄势。"千嶂里，长烟落日孤城闭"，继续用全景镜头描写延州周边环境，"长烟落日"让人想起王维的"大漠孤烟直，长河落日圆"，缀以"孤城闭"三字，更突出了大漠的肃杀之气。

宋朝自建立始，就采取重内轻外政策，对内加紧控制，而在边疆上长期放弃警戒，武备松弛。恰逢西夏元昊称帝，宋仁宗本想讨伐，结果事起仓促，将不知兵，兵不知战，宋军连连失利。范仲淹在这种情况下，被调到边关稳定局势，责任非同小可。

上任后，他一方面加强军队训练，一方面在延州周围构筑防御工事，不轻易出击，延州局势这才暂时稳定下来。"孤城闭"三字真实地反映了当时的军事态势，反映出宋朝的守军力量是很薄弱的。作为指挥部所在地的城门，太阳一落就关闭起来，表现了形势的严重性。这一句就为下阕的抒情做了铺垫。

下阕起句"浊酒一杯家万里,燕然未勒归无计"，"一杯"与"万里"，数字之间形成了悬殊的对比。这是词人浓重乡愁与单薄军力的对比，也是重大责任与千钧一发的形势的对比。功败垂成尚无定论，回家的事只能从长计议。

"燕然"指燕然山，"勒"是刻的意思。据《后汉书·窦宪传》记载,东汉和帝永元元年(89),车骑将军窦宪北伐匈奴,大破之,乘胜追击,在漠北燕然山刻石记功,颂汉威德。"勒石燕然"是胜利的代名词,而"燕然未勒"则有两层意思:其一,范仲淹还没有取得最终的胜利;其二,力克西夏功在当代,利在千秋,范仲淹有这个雄心与志向。

只不过,想法归想法,现实归现实。"羌管悠悠霜满地。人不寐,将军白发征夫泪",眼下边防军人想家思乡情绪浓重,又有谁能体恤那种英雄好汉为国垂泪的心酸呢?

这里有悲的成分,但并不重要,重要的是忧,是怨,是愤愤不平。他们忧虑国家的安全,抱怨朝廷无人整顿武备,更为当局没有一个正确的方针政策而愤懑。边防军人久住"塞下",将老,却不能退休家园;兵少,却不能与妻子团圆。

范仲淹想用这首词,告诉情感细腻的晏殊,边防吃紧,将士心寒,与眼前的酒席不是一种景致。不要再做一个太平宰相了,为长烟落日下的征夫做点事情吧!

从题材来看,范仲淹的词反倒有些像诗,其中感情也远比一般词曲高远深刻。这在很大程度上,源于他多年的军旅生涯。他在与西夏的交兵过程中,鲜有败绩,这在一众读书人中十分难得。他深知戍边将士的不易,对待他们如家人一般,力排众议提拔了许多像狄青、张亢这样的名将。

在我国历史上，经略天下，雄辩文章者有许多；坐镇边关，纵横捭阖者有许多；不顾安危，立志变法者有许多；但能同时做到这三者的，当属"天地间第一流人物"——范仲淹。

延展阅读

渔家傲·平岸小桥千嶂抱

王安石

平岸小桥千嶂抱,柔蓝一水萦花草。茅屋数间窗窈窕。尘不到,时时自有春风扫。

午枕觉来闻语鸟,欹眠似听朝鸡早。忽忆故人今总老。贪梦好,茫然忘了邯郸道。

渔家傲·天接云涛连晓雾　李清照

天接云涛连晓雾,星河欲转千帆舞。仿佛梦魂归帝所。闻天语,殷勤问我归何处。

我报路长嗟日暮,学诗谩有惊人句。九万里风鹏正举。风休住,蓬舟吹取三山去!

玉楼春·尊前拟把归期说

玉楼春，词牌名，一说源于白居易"玉楼宴罢醉和春"；一说源于五代各家词，像《花间集》中记载五代后蜀顾敻的词句"月照玉楼春漏促"。此调别名还有《惜春容》《西湖曲》《玉楼春令》。

古时候，玉楼不仅泛指华丽高楼，还特指神仙的居所。相传唐朝诗人李贺弥留之际，在白日里看到身着红衣的仙人传玉帝诏令，说天上建成了一座白玉楼，要李贺去为楼作记。之后，李贺便离开人间。

尊前拟把归期说，	⊕平⊛仄平平仄，
欲语春容先惨咽。[1]	⊛仄⊕平平仄仄。
人生自是有情痴，	⊕平⊛仄仄平平，
此恨不关风与月。	⊛仄⊕平平仄仄。

---

[1] "欲语春容先惨咽"也作"未语春容先惨咽"。

离歌且莫翻新阕，　　　　　⊕平⊗仄平平仄，
一曲能教肠寸结。　　　　　⊗仄⊕平平仄仄。
直须看尽洛城花，　　　　　⊕平⊗仄仄平平，
始共春风容易别。　　　　　⊗仄⊕平平仄仄。

欧阳修

【声律】

◎双调，五十六字，上下阕各四句。

◎押仄声韵。上阕押"说""咽""月"三仄韵；下阕押"阕""结""别"三仄韵。

中央官员、文坛领袖欧阳修出身贫寒，二十四岁的时候，通过层层选拔荣选为甲科进士，加上宋朝有"榜下择婿"的风俗，所以金榜题名后，他很快就被恩师胥偃选为乘龙快婿。新婚之夜，他写了首《南歌子》，其中"爱道画眉深浅入时无""笑问鸳鸯两字怎生书"等句子，既香艳又生动，但多多少少有一些不入流。

不知道是幸运还是不幸，欧阳修初入仕途，就在钱惟演手下做官。钱惟演是吴越王钱俶的儿子，平时喜好休闲娱乐，对手下迟到、早退等事常睁一只眼闭一只眼，还经常设宴邀请他们吟诗作赋。

其实，宴饮也不是什么大事，毕竟宋朝风气如此，连皇帝都认为这是盛世的象征。只不过，凡事讲究分寸，一不小心潇洒过了

头,就很容易发生越界的事情。

当时的官员宴饮,通常要召歌伎助兴。朝廷对歌伎的管理很严格,尤其禁止她们与官员产生暧昧关系。青年才俊纵使多情,又有多少人,愿意为之自毁前程呢?

按理说,欧阳修没什么背景,靠自己努力才有了今天,这样的人更应该小心,以免登高跌重。可有时候,骨子里的风流是克制不住的,参加了几次钱惟演的宴会之后,他便与钱府的一位歌伎产生了情愫。

有一天,钱惟演又请大家吃饭,众人都到齐了,唯独欧阳修和这名歌伎没到。后来,两人前后脚出现,席间还眉目传情。这些全被钱惟演看在了眼里。

于是他故意发难,问歌伎为什么姗姗来迟,歌伎红着脸说自己睡了个午觉,起来后发现头上的金钗找不到了,可找了许久依然不见踪影,这才耽误了许多时间。

钱惟演顺水推舟,说道:"如果你能让欧阳修现场填词一首,便饶了你的过失;如果这首即兴之作能赢得大家的喝彩,那么我不但不会追究,反而要再送给你一个金钗。"

歌伎一听,马上央求欧阳修。欧阳修低着头,沉吟了一小会儿,一首《临江仙》便吟了出来:

柳外轻雷池上雨,雨声滴碎荷声。小楼西角断虹明。阑干倚处,待得月华生。

燕子飞来窥画栋，玉钩垂下帘旌。凉波不动簟纹平。水精双枕，傍有堕钗横。

这首小词语言清丽。上阕写的是初夏池塘落雨之景——一阵轻雷，碎雨窸窸窣窣地敲打池塘中的荷叶。小楼的西侧，隐隐约约可见雨后的彩虹，倚着栏杆的人静静等待华月初生。

下阕从室外景色转入室内风光——窗帘大开着，却有燕子跑来偷窥。雨停了，池塘的水面没有一丝波纹。那支丢失的金钗，不正横放在水精双枕的旁边吗？

玉钩和双枕都是极强的暗示，再过一分则不雅，而少一分又不够艳。搭配上歌伎的借口托词，别有一番风韵，引得全场一片喝彩。

钱惟演兑现了诺言，送了歌伎一支金钗，这首词也就此流传开来，成了欧阳修艳词中的名篇。

欧阳修似乎感受到了上级的警示，从此有所收敛，断了与歌伎之间的暧昧，避开了一个不大不小的官场暗礁。

都说"人不风流枉少年"，欧阳修岂止风流。只不过这种风流，不是媚俗、市侩的淫秽，而是文人在声色犬马中追求的风雅。它深深地刻在欧阳修的骨子里，只要风头过去，又会蠢蠢欲动。

二十八岁的时候，欧阳修离开西京，在告别情人的时候，写下了这首《玉楼春·尊前拟把归期说》。

在饯别的酒席上，本来想说定归期，但话还没说出口，眼前的佳人就已经无语凝噎。

在人生的道路上，总有那些为情痴狂之人，即使没有风花雪月，依旧多愁善感。

开篇"尊前拟把归期说，欲语春容先惨咽"，表面上看是对眼前事物的直接描写，但实际上暗含了两组反差极大的对比。

"尊前"（通"樽"）是离别前的饯行酒会，代表短暂欢愉之后长久的离别之苦；而"归期"是离别后重逢的日期，代表长久分离之后确定会相见的约定——尊前说归期，哀与乐交织，苦中有甜，甜中有苦。

"春容"是如春天般妩媚娇嫩的容颜，而"惨咽"是伤心抽泣时的丑态——春容因为不舍而惨咽，喜与悲交织，美中有丑，丑中有美。

悲喜交加的情绪，用不同的意象重复两遍，遣词造句间的张力反而凸显出来。

"人生自是有情痴，此恨不关风与月。"这两句紧跟前面的情景描写，将客观事物抽象成了普遍规律——有情之人，生来多愁善感，目力所及之处，都是引人伤心断肠的媒介。这两句之所以经典，不在于论理的严谨高深，而在于通过说理进一步反映离愁之深，与前两句暗相呼应。

下阕起笔，再写饯别酒宴。"离歌且莫翻新阕，一曲能教肠寸结。"既然是离别前唱的曲子，就不必重新填词了，低吟浅唱一番就足够让我愁肠百结。"且莫"二字的劝阻之意，写得如此郑重恳切，反而衬出下半句"肠寸结"的伤感与哀痛。

此时，悲恸之情已经将诗人打入谷底，末尾两句突然昂扬。"直须看尽洛城花，始共春风容易别。"想说再见是多么不容易呀，怕是只有将洛阳城内的牡丹看个遍，才能告别这里的春风吧！这种大起大落，是欧阳修作词的一大特色，所以王国维在《人间词话》中点评说"于豪放之中有沉着之致，所以尤高"。

欧阳修虽只在洛阳生活了三年，但这三年却让他终生难忘。

从小清贫的人，第一次体会到人生精彩，感悟人世间的爱恨别离；这里有他的年少轻狂，也有他的毁誉参半。

在这期间，欧阳修涉猎广泛，将洛阳牡丹的历史、栽种方法和各类品种一一做了总结，还撰写出一部《洛阳牡丹记》，成为历史上第一部具有专业价值的牡丹专著。

可能这就是他告别洛阳的方式吧……

玉楼春·风前欲劝春光住

辛弃疾

风前欲劝春光住。春在城南芳草路。未随流落水边花,且作飘零泥上絮。

镜中已觉星星误。人不负春春自负。梦回人远许多愁,只在梨花风雨处。

玉楼春·东风又作无情计 晏幾道

东风又作无情计,艳粉娇红吹满地。
碧楼帘影不遮愁,还似去年今日意。

谁知错管春残事,到处登临曾费泪。
此时金盏直须深,看尽落花能几醉!

鹧鸪天·画毂雕鞍狭路逢

鹧鸪天,词牌名,唐五代词中无此调,最初见于北宋宋祁之词。此调别名众多,包括《思越人》《思佳客》《剪朝霞》《骊歌一叠》和《醉梅花》。晋崔豹《古今注》中有鹧鸪的相关记载。鹧鸪出自南方,常向太阳方向飞。因害怕霜露,早晚很少离巢,即使晚上出去,也会将树叶盖在背上。另外,鹧鸪的叫声听起来很像"行不得也哥哥",因此古人常借它的鸣叫声抒发惜别之情或者是漂泊之感。

画毂雕鞍狭路逢,	仄仄平平仄仄平,
一声肠断绣帘中。	中平中仄仄平平。
身无彩凤双飞翼,	仄平中仄中平仄,
心有灵犀一点通。	中仄平平中仄平。
金作屋,	平中仄,
玉为笼,	仄平平,
车如流水马游龙。	中平中仄仄平平。

刘郎已恨蓬山远，　　　　　⊕平⊕仄平平仄，
更隔蓬山几万重。　　　　　⊕仄平平⊕仄平。

宋祁

【声律】

◎双调，五十五字，上阕四句，下阕五句。

◎押平声韵。上阕押"逢""中""通"三平韵；下阕押"笼""龙""重"三平韵。

北宋或许是中国封建社会最美好的时代。自真宗"书中自有颜如玉"金口玉言一出，那个重文轻武的朝代，便涌现出了许多名垂千古的大文豪。

当时的词坛百花齐放，不少词人都会因为一两句惊世佳句而得到一个雅号。比如贺铸，因为一句"梅子黄时雨"而得名"贺梅子"；张先因为"云破月来花弄影""娇柔懒起，帘幕卷花影""柔柳摇摇，坠轻絮无影"三句而被称为"张三影"；再比如秦观因为那句"山抹微云，天连衰草"，被称为"山抹微云君"；柳永因为那句"露花倒影，烟芜蘸碧，灵沼波暖"，被称为"露花倒影柳屯田"。

这当中，还有一位被叫作"红杏尚书"的词人。他或许没有前面几位有名，但你一定听过他的"红杏枝头春意闹"——"红杏尚书"的代号，就是打这儿来的。这个名句出自《玉楼春·东城渐觉

风光好》:

东城渐觉风光好,縠皱波纹迎客棹。绿杨烟外晓寒轻,红杏枝头春意闹。

浮生长恨欢娱少,肯爱千金轻一笑。为君持酒劝斜阳,且向花间留晚照。

词人闲庭信步来到东城,感到春光越来越美好。一旁的小河中泛起柔纱般的水波,船儿慢慢摇着,好像在迎接客人。条条绿柳在霞光晨雾中轻歌曼舞,粉红的杏花开满枝头,一片春意盎然好像精灵在肆意玩闹。很多人总是抱怨人生短暂,欢娱太少,却又吝惜身上的金钱,不愿换取快乐。不如举起酒杯,共敬窗外的夕阳,请它留下,多多照耀那些晚开的花朵,倾洒天地的福泽。

古人填词,讲求"合于音律,工于意境,臻于情感",宋祁这首《玉楼春》,同时满足这三个标准,尤其颔联"红杏枝头春意闹"给人耳目一新之感。王国维评论说:"一个'闹'字而境界全出,把春天的喜悦与美好写得活灵活现。"宋祁后来官至工部尚书,因此被世人称作"红杏尚书"。

纵观宋祁的一生,"红杏尚书"这个雅号是如此契合。他是一个才华横溢的词人,他生活里的浪漫多姿、风花雪月,都化作了他词作中的华丽景观和风流气象;他也是一个荣光满载的尚书大人,自二十多岁与兄长一起中第,一生宦海沉浮,也不影响他及时行乐的生活。不过，在他所有的故事中，流传最广的还是为官之初的一次邂逅——

有一天，宋祁外出，偶遇皇家车队。看着富丽堂皇的马车从自己眼前经过，他隐约听见车厢内有女子轻轻叫了他一声。宋祁循声望去，只见掀开的车帘后面，竟有一位妙龄少女微笑着看自己。女孩若出水芙蓉，清丽婉约，看得宋祁春心荡漾。等车队浩荡远去，他才回过神来，想起佳人莞尔一笑，顿觉心旷神怡，于是，回到家中提笔写了这首《鹧鸪天·画毂雕鞍狭路逢》。

熟悉诗词的人，一定能在这五十五个字中，找到很多熟悉的诗句。比如李商隐的名句"身无彩凤双飞翼，心有灵犀一点通"，比如李后主的"还似旧时游上苑，车如流水马如龙"，再比如唐代诗人韩偓的"绣屏金作屋，丝幰（xiǎn）玉为轮"。

在诗词创作中，这不算抄袭，而是一种常见的写作手法，叫作化用。有一些化用，是直接把前人的语句拿到自己的作品中来，也有一些化用，则是挪用了前人创建的美好意象，比如李清照的名句"此情无计可消除,才下眉头,却上心头"，就脱胎于范仲淹的"眉间心上，无计相回避"。宋祁的《鹧鸪天》，就是这种写作方法的绝佳体现。

这首词的上阕主要是叙事，讲的是作者偶遇佳人、一见钟情、念念不忘的浪漫爱情故事。"画毂雕鞍狭路逢，一声肠断绣帘中"，在狭窄的道路上作者恰巧遇到华美的宫车从旁经过，一声令人肠断的呼唤从绣帘中传出。五彩的轮毂、雕花的马鞍、满绣的帘布，营造出了一个明艳绮丽的场景，这是"花间派"词人常用的方法，反映的是宋朝士大夫们富贵舒适的日常生活；不同的是，宋祁所描绘的"富贵"不仅不会让人感到快乐，反倒成了一双璧人的阻碍，只"一声肠断"便道出擦肩而过的重重遗憾。

接着，词人借用李商隐的"身无彩凤双飞翼，心有灵犀一点通"来表现自己与佳人心意相通、两情相悦，其间蕴含的情感自然而然地得到升华。

再看下阕，词人开始反复陈述求而不得、盼望无期的苦闷。"金作屋，玉为笼"，此处是双重化用：其一，化用了"绣屏金作屋，丝幰玉为轮"，既指向画毂雕鞍的五彩马车，也暗示了雕梁画栋的高门大户，让人不禁猜测佳人的身份；其二，化用了"金屋藏娇"的典故，却又赋予"金屋"新的寓意，以"金屋""玉笼"来形容佳人住处的华美，从而进一步强调了佳人可能是宫廷中人，暗示着两人身份有别，无法达成圆满的结局，为整首词蒙上了一层失落的阴影。

紧接着，"车如流水马游龙"，引用李煜《望江南》中的句子，并将"如"字改为"游"字，更具动态感——车子接连不断像流水一样，马匹络绎不绝像一条条龙一样游动。两人很快就被茫茫人海淹没，从此相见无期。这个句子运用比喻的手法具体形象地写出了街景的热闹，而这种热闹又与词人此时落寞的心境形成了对比，运用反衬的手法突出词人的失意与怅惘。

最后两句"刘郎已恨蓬山远，更隔蓬山几万重"，语出李商

隐,讲的是"刘郎蓬山"的典故。南北朝时期一本名叫《幽明录》的书,上面记载了这样一个故事:

汉朝一个叫刘晨的人,到天台山上遇到一名女子,她的修行资质很好,刘晨便在那与她一同修仙,半年后才回去。可后来刘晨再到山中,想寻那位女子却了无踪影,他这才反应过来,原来女子是仙人,当初有缘方可相见,此刻缘分已尽,二人仙凡相隔,已再不能见面了。词人借这个典故,说明自己和佳人的关系,就像刘郎与仙女,只有萍水相逢之缘,却无长相厮守之份,两人之间有不可逾越的障碍,好比那"苍山一万重"。

化用的这种创作方式,在五代到宋初比较少见,因为宋词当时虽然广泛流行,但毕竟起承于五代时的"花间派",多用于宴饮寻乐的场所。初期创作的词作取材并不广泛,大多类似今天的流行歌曲,多描写文人清客的娱乐生活。

直到北宋中期,经过两三代宋人的发展推广,宋词不再拘泥于日常生活,其取材范围进一步扩大,才慢慢从唐诗、乐府诗,包括各类古体辞章取材,其思想性和情感的辨识度也不断提高,内在属性逐渐丰富,增添了更为高雅、规范的创作方向,慢慢形成了我们今天所熟知的、雅俗共赏的宋词。而宋祁正是这一过渡时期的代表人物。

宋祁之所以对唐诗典故信手拈来,是因为他对诗歌钻研至深。在发展宋词的同时,他也是宋朝初年"西昆体"诗派的代表诗人之一。这个流派起源于宋初,是延续晚唐五代的诗风,一些文臣为了歌功颂德、粉饰太平，在宴会中互相唱和，编成了一本《西昆体酬唱集》。早期的代表人物有杨亿、刘筠、钱惟演等人。那些早期的创作者，将他们的作品比作昆仑山上的"女神"西王母的藏书经典，所以这类诗歌被称作"西昆体"。

西昆体诗在艺术形式上大多模仿晚唐诗人李商隐的风格，追求音调铿锵、辞藻华丽、声律和谐、对仗工整，非常适合宴会上和着音调唱和。所以在宋祁的作品中，经常能读到李商隐的只言片语。

然而从内容来看，大部分西昆体诗注重形式而缺乏思想内容，脱离社会现实，没有真情实感，因此这个流派没有存在太久，后来欧阳修、梅尧臣等开创宋诗的质朴诗风，西昆体也渐渐衰败。

宋祁虽属于西昆派，对辞藻掌故信手拈来，却丝毫没有被形式所拘束。在他的笔下，属于不同诗人、不同情境的词句往往能和谐地融为一体，充分表达他自己的思想。我们回过头看，这首《鹧鸪天》，其实只有第一句是宋祁的原创，其他全是化用和典故，居然能驾轻就熟、得心应手，可见宋祁驾驭语言的精湛技艺。

正因如此，这首《鹧鸪天》一经问世就迅速扩散，文人雅士争相传唱，很快便传到宋仁宗耳朵里。大家暗自为宋祁捏了把汗，毕竟词中描述的是宫中女子，即使是朝廷命官，恐怕也难以高攀，若真是皇族千金，宋祁恐怕还有唐突轻慢之嫌。所幸宋仁宗是出了名的宽厚，当获悉臣子惦念着"宫中人"，他也不忌讳，只是派人去调查：究竟是哪位佳丽，一个回头竟能撩动宋祁的心弦？一位老太监把宫女召集到一起，询问是谁这么冒失。这时，一位宫女怯生生地站了出来。原来,她在御宴上见到宋祁赋诗,早已朝思暮想,芳心暗许。那天恰好车队经过,她偶然间看到街上让路的宋祁,顿感心神激荡,才忍不住唤了一声。

　　仁宗诏宋祁觐见,提起《鹧鸪天》这首词。宋祁显得羞愧难当,诚惶诚恐,生怕仁宗责罚自己,正要自行认罪,却没想到仁宗调侃道:"此地距蓬山亦不多远。"以宋祁的聪慧,一点就通:自己在词中以"蓬山路远"代指自己与佳人有缘无分,现在仁宗说蓬山不远,那自己和佳人亦不相隔。宋祁马上下跪拜谢。果然,仁宗把与他倾心的那位宫女许给了他。因这一首《鹧鸪天》,宋祁抱得美人归,仁宗也得了贤德的名声,君臣相敬,成就一段美谈……

延展阅读

鹧鸪天·林断山明竹隐墙 苏轼

林断山明竹隐墙,乱蝉衰草小池塘。翻空白鸟时时见,照水红蕖细细香。

村舍外,古城旁,杖藜徐步转斜阳。殷勤昨夜三更雨,又得浮生一日凉。

鹧鸪天·送人

辛弃疾

唱彻阳关泪未干,功名余事且加餐。浮天水送无穷树,带雨云埋一半山。

今古恨,几千般,只应离合是悲欢?江头未是风波恶,别有人间行路难!

第二章

风格与地位的碰撞

满庭芳·茉莉花

满庭芳,词牌名。调名有说取自柳宗元诗句"满庭芳草积";《词苑丛谈》中又说取自唐吴融诗句"满庭芳草易黄昏"。此调别名众多,包括《锁阳台》《满庭霜》《潇湘夜雨》《话桐乡》《江南好》和《满庭花》。

环佩青衣,	⊕仄平平,
盈盈素靥,	⊕平⊕仄,
临风无限清幽。	仄⊕平仄平平。
出尘标格,	仄平平仄,
和月最温柔。	平仄仄平平。
堪爱芳怀淡雅,	平⊕平平仄仄,
纵离别,	⊕⊕仄,
未肯衔愁。	⊕仄平平。
浸沉水,	⊕平仄,
多情化作,	⊕平⊕仄,
杯底暗香流。	⊕仄仄平平。

第二章　风格与地位的碰撞

凝眸，	平平，
犹记得，	平仄仄，
菱花镜里，	平平仄仄，
绿鬓梢头。	仄仄平平。
胜冰雪聪明，	仄平仄平平，
知己谁求？	平仄平平？
馥郁诗心长系，	仄仄平平仄仄，
听古韵，	平仄仄，
一曲相酬。	仄仄平平。
歌声远，	平平仄，
余香绕枕，	平平仄仄，
吹梦下扬州。	平仄仄平平。

柳永

【声律】

◎双调，九十五字，上阕十一句，下阕十二句。

◎押平声韵。上阕押"幽""柔""愁""流"四平韵；下阕押"眸""头""求""酬""州"五平韵。

到宋仁宗时期，词已经成为一种很常见的文学体裁，只不过，它始终是文人士大夫的一种消遣娱乐，在市民阶层中并没有流行起来。直到柳永的出现，这种局面才被打破了，词真正进入了市井百姓的日常生活中。

自古以来，文人士大夫和市井老百姓，对文化娱乐的需求是不一样的。曲调越是高雅，懂得的人就越少。战国时期，宋玉写的《对楚王问》中就讲道："在楚国的国都郢城中，能够唱《下里》《巴人》这两种曲调的人有数千人；而能唱《阳春》《白雪》这两种曲调的人，就只有数十人了。"后来，人们索性就用"阳春白雪"代指高雅或曲高和寡，用"下里巴人"来形容简单通俗或不入流。

之所以会造成这么大的区别，是因为士大夫阶层和市民阶层的生活场景完全不同。文人士大夫更注重精神层面的享受，就像王羲之在《兰亭序》中写的，"虽无丝竹管弦之盛，一觞一咏，亦足以畅叙幽情"。而普通老百姓更实在，很少追求那些无法言说、不好理解的东西，生活场景简单真实，烟火气更浓。

北宋时期，城市中出现繁荣的夜市，老百姓的夜生活变得空前的丰富，其中很重要的一项活动，就是弹琴唱曲。柳永的词，恰好迎合了这种市场需求，很快地成了京城内口耳相传的流行金曲，一度有"凡井水处，皆歌柳词"的盛况。

如果通读了柳永存世的几十首词，就会发现，只有几首词写得漂亮，比如《雨霖铃》《鹤冲天》《满庭芳》这几首；其他作品接历代文人雅士说法，属于格调低俗。这是因为在任何时代，老百姓的审美趣味，都不会脱离眼前的生活实际，不要求作品具有创新性，也不喜欢词人为了卖弄才华而引经据典。也恰恰是因为这个缘故，传统的文人士大夫总是看不起柳永，认为柳永丢了文人的脸。

同时代的著名词人，在当时文坛政界都很有影响力的大人物——晏殊，对柳永的词就很鄙视。柳永曾经去拜访他，心里想着，同样喜欢写词的晏殊一定会对自己青睐有加，如此一来，或许可以在仕途上帮自己一把。

可是，他万万没想到，两个人刚一见面，晏殊就高高在上地问柳永："你懂词吗？"柳永本来就有些怀才不遇的愤慨，听到晏殊这样提问，就直截了当地说："只是像宰相您一样，在作词。"

晏殊听到柳永竟然把自己和他相提并论，于是，就有些不高兴了，讽刺地说，自己虽然也作词，但是从来没有写过"针线闲拈伴伊坐"这样拿不上台面的词句。柳永听到这句话后，自知被晏殊看不起，只好默默地离开了。

这句"针线闲拈伴伊坐"源自柳永写的一首《定风波·自春来》。在当时，词人写艳词是有不同层次的，传统的文人墨客写女子美丽的外貌、真挚的情感、坎坷的人生命运，只是在欣赏、同情，或者拿来自嘲一下，感叹自己同样不堪的前途，换句话说，这种写词方式最多只能算文人士大夫的写作闲情。

只有柳永，抛下了文人士大夫的地位和立场，设身处地地去描写女子的日常生活、情感状态，描写的细腻程度之高，竟不像是旁观者所言。就拿"针线闲拈伴伊坐"这句来说，描写了一个非常平淡又真切的生活场景，一位男子很悠闲地拿着针线陪女子坐着，这显然不是主流文人惯作的仕途感慨或者文人清高，而是对社会地位的离经叛道，是对文人士大夫理想价值的彻底否定。因为种种原因，柳永就被贴上了"薄于操行"的标签，一生都没有摆脱低俗文人的恶评。

多年后，一位和柳永词风很相似的词人出生了，他叫秦观。他的词被评价为"远祖温韦，近承晏柳"。他与柳永都是婉约词派的代表人物，同样以爱情题材的词作见长，在风格特点上也明显受到了柳词的影响。但是自两宋以降，文人士大夫阶层却更偏爱后者，甚至一边贬损柳永一边称赞秦观。

他们作词的差异，从两首同一词牌名的慢词中可见一斑。秦观的《满庭芳·山抹微云》和柳永的《满庭芳·茉莉花》，都是词人写给歌姬、舞女的作品，但是在灵感来源、思想情感等诸多方面，都有着很大差异。

在上阕第一句，秦观写"山抹微云，天连衰草，画角声断谯门"，柳永写"环佩青衣，盈盈素靥，临风无限清幽"。秦观写的是大好河山，视野极其辽阔；而柳永描写的则是一位歌女，素雅唯美，引人无限遐想。秦观很少在词中直接去描述青楼女子的形象，即使描写，也写得很含蓄；但柳永写的大量慢词，都对女子进行了非常细致的、正面的描绘。

接着秦观写道，"暂停征棹，聊共引离尊。多少蓬莱旧事，空回首，烟霭纷纷"，柳永则写道，"出尘标格，和月最温柔。堪爱芳怀淡雅，纵离别，未肯衔愁"。秦观在描写完景物之后开始叙事，说在北归的客船上，自己和歌姬喝酒聊天、回忆往事；而柳永则在描摹完女子形象后，进一步地赞美这位女子的气质好，像月光，像茉莉花茶，特别淡雅芳香，即便要离别也不会有愁绪，只会感慨这杯茉莉花茶的美好。

在上阕的最后一句，秦观写道，"斜阳外，寒鸦万点，流水绕孤村"，柳永写道，"浸沉水，多情化作，杯底暗香流"。秦观从写景到叙事再到写景，化用了隋炀帝的诗"寒鸦飞数点，流水绕孤村。斜阳欲落去，一望黯销魂"，将微官没落、去国离群的游子之恨，以"无言"之笔言说得淋漓尽致。

反观柳永，随着对歌姬的描写不断深入，用比拟手法表现的意象，也逐渐缩窄到茉莉花茶本身，从花朵入水到茶叶萃取再到茶香四溢，细腻有余，但内涵的深刻度、层次的丰富度，显然与秦观不在一个水平。

在词的下阕，秦观写道，"销魂，当此际，香囊暗解，罗带轻分。谩赢得青楼，薄幸名存"，柳永写道，"凝眸，犹记得，菱花镜里，绿鬓梢头。胜冰雪聪明，知己谁求"。秦观说的是，在离别之际，他满心悲伤，取下腰间的香囊，分开罗带，然后站在船头感慨，自己这些年只不过虚度光阴，在秦淮河畔的风月场赢得薄幸的虚名。"青楼薄幸"这里用了"杜郎俊赏"的典故，晚唐诗人杜牧，十年宦海沉浮，自觉无趣，便置身于江南温柔乡，感慨之余写下了"十年一觉扬州梦，赢得青楼薄幸名"的传世名句，世人冠之以骂名，只有他自己知道个中滋味。秦观此处改造原句，把杜牧所表达的曲折情感挪用了过来，堪称精明。反观柳永，他看着眼前的茉莉花茶，想起了和佳人共度的美好时光，这样冰雪聪明的红颜知己，真是难得一遇。有人说，"冰雪聪明"是在描写美人肌肤如雪、机灵可爱；也有人说，是词人暗中嘲讽自己性格孤僻，缺少知心朋友……这些都容易理解，但没有"青楼薄幸"来得丰富明确。

接着，秦观写道，"此去何时见也？襟袖上，空惹啼痕。伤情处，高城望断，灯火已黄昏"，柳永写道，"馥郁诗心长系，听古韵，一曲相酬。歌声远，余香绕枕，吹梦下扬州"。秦观的"望断"二字，总收一笔，轻轻点破题旨，此前笔墨倍添神采；而灯火黄昏，正由山抹微云的傍晚到"纷纷烟霭"的渐重渐晚再到满城灯火，一步一步，层次递进，井然不紊。而惜别停杯、流连难舍之意也就尽在其中了。而柳永是说虽然要离别了，但是见过了如此美丽、温柔的佳人，仿佛品尝过馥郁芳香的茉莉花茶一样，离别的氛围还是很令人愉快和享受的。美则美矣，品位没有更上一个层次，境界也没有更多几分余味。

纵观两人词作的区别，在文人心中柳不如秦的原因，无外乎有二：

其一在于用词。柳永的词直接来源于民间生活体验，词作的内容对象和读者群体都是普通百姓，所以他的词，首先考虑的是读者的接受能力。文字本身极具美感但是难免直白浅显，思想内容简单通俗但是缺少转折与变化，不像秦观那样用语考究，几个字便能联系前人经典，延伸出微妙复杂的情感细节——自然。从这一点来说，秦观更符合传统知识分子的审美标准。

其二在于用情。虽然都写男女情爱、离愁别绪，但是柳永面对歌女所发出的赞美与不舍，更像是普通人对美好事物的爱惜，以及个人情感受挫之后的伤感，虽然用情但却是薄情，对歌女的态度难以摆脱赏玩、游戏的俗趣；而秦观却能在自己与歌女的情感中，反思自身经历，延伸"世间好物不坚牢"的普遍生活哲学，所以王国维评价秦词"虽作艳语，终有品格"，这是柳词所不具备的思想深度，也是他在士大夫面前的减分项。

其实，作词风格的不同，往往来自词人人生经历的差异。秦观三十七岁中进士，曾任太学博士、秘书省正字，兼国史院编修官，是正儿八经的"国家干部"。不仅如此，他受业于苏轼，是"苏门四学士"之一，他的文字不仅得到苏轼真传，也深受传统诗教濡染，境界品格也都在文人中居上乘。而柳永则不同，他年轻的时候被资深前辈打压、被最高统治者嗤之以鼻，直到五十多岁才考中进士，官也只做到余杭县令，职位不高、眼界较浅都是他的创作短板，但是这也不妨碍他成为一位民间词人，成为婉约派代表人物。

满庭芳·蜗角虚名 苏轼

蜗角虚名,蝇头微利,算来着甚干忙。事皆前定,谁弱又谁强。且趁闲身未老,须放我、些子疏狂。百年里,浑教是醉,三万六千场。

思量,能几许,忧愁风雨,一半相妨。又何须抵死,说短论长。幸对清风皓月,苔茵展、云幕高张。江南好,千钟美酒,一曲满庭芳。

满庭芳·山抹微云 秦观

山抹微云,天连衰草,画角声断谯门。暂停征棹,聊共引离尊。多少蓬莱旧事,空回首、烟霭纷纷。斜阳外,寒鸦万点,流水绕孤村。

销魂,当此际,香囊暗解,罗带轻分。谩赢得青楼,薄幸名存。此去何时见也?襟袖上、空惹啼痕。伤情处,高城望断,灯火已黄昏。

鹤冲天·黄金榜上

　　鹤冲天,词牌名,柳永《乐章集》中可见。但此调非《喜迁莺》和《春光好》的别名《鹤冲天》。晋代《搜神后记》记载,有一名叫丁令威的人在灵虚山学道,后来化成了鹤回到了故乡辽东,栖居在城门前的华表柱上。当时一位少年想要射这只鹤,鹤见状飞起,并且在空中徘徊说道:"有鸟有鸟丁令威,去家千岁今归来。城郭如故人民非,何不学仙冢垒垒。"话毕,就直冲云霄离去。今天辽东地界丁姓人士都说祖上有升仙的,于是后世人便以"鹤冲天"代指羽化登仙。此外另有一说,认为"鹤冲天"就是指鹤直上云天,用以比喻科举登第。

黄金榜上。	平平仄仄。
偶失龙头望。	仄仄平平仄。
明代暂遗贤,	平仄仄平平,
如何向?	平平仄。
未遂风云便,	仄仄平平仄,
争不恣游狂荡。	平仄仄平平仄。

第二章 风格与地位的碰撞

何须论得丧?	平平平仄仄?
才子词人,	平仄平平,
自是白衣卿相。	仄仄仄平平仄。
烟花巷陌,	平平仄仄,
依约丹青屏障。	平仄平平平仄。
幸有意中人,	仄仄仄平平,
堪寻访。	平平仄。
且恁偎红倚翠,	仄仄平平仄仄,
风流事,	平平仄,
平生畅。	平平仄。
青春都一饷。	平平平仄仄。
忍把浮名,	仄仄平平,
换了浅斟低唱!	仄仄仄平平仄!

柳永

【声律】

◎双调，八十八字，上阕九句，下阕十句。

◎押仄声韵，上阕押"上""望""向""荡""丧""相"六仄韵，下阕押"障""访""畅""饷""唱"五仄韵。

文人清高，就像李白，嘴上说着"安能摧眉折腰事权贵，使我不得开心颜"，可一旦皇帝下诏请李白当官，他还是"仰天大笑出门去，我辈岂是蓬蒿人"，欢天喜地，一点儿也掩饰不住。

在中国历史上，不只有李白一个人在仕途上不顺利，许多大名鼎鼎的诗人、词人都是官场上的失败者。从屈原、贾谊，到温庭筠、李商隐，皆是如此。

然而，却很少有人因为一首词，让皇帝忌恨一生。柳永在第一次科举考试失败后写的《鹤冲天·黄金榜上》，就是这样一首词。虽然他曾说过，自己宁愿当一个词人，也不想去当官，但事实上，这是柳永在自我安慰……

柳永出身官宦人家，自幼受儒学经典熏陶，在内心深处自然就孕育出"学而优则仕"的人生价值观。加上他是一个天才少年，从小就博览群书、记忆超群，更是被父母寄予厚望。

在十九岁这一年，自信满满的柳永，从老家崇安出发，前往汴京参加科举考试。但谁也没有想到，在途经杭州的时候，他一下子被这里的山水风光与都市繁华给迷住了，竟然在苏杭一带停留了六年之久，才重新踏上前往汴梁的旅程。

这六年，是柳永一生中最浪漫也是最自在的时光。也许柳永本就风流，遇到了拥有繁华盛景的"人间天堂"，他的本性更是被大大地激发了出来。他流连于酒肆歌坊，提笔为歌女写曲填词，成了历史上第一位职业词人。

一时之间，他竟有些"乐不思蜀"，彻底忘记了自己为什么离开家乡,忘记了自己想考取功名的初心。

在这个时期,柳永写了一首非常著名的词《望海潮·东南形胜》。《望海潮》这个词牌名是柳永自创的。

据不完全统计,两宋时代的词牌名有八百八十多种,其中,柳永原创的就有一百三十多种,比如《忆帝京》《如鱼水》《迷仙引》等。

在《望海潮·东南形胜》这首词中,柳永非常动情地描绘了苏杭一带的繁荣景象:"东南形胜,三吴都会,钱塘自古繁华,烟柳画桥,风帘翠幕,参差十万人家。"整首词读起来朗朗上口,眼前似乎铺开了一幅画卷,描绘着上有天堂、下有苏杭的美丽景象。

这首词一经传唱,就备受百姓喜爱,柳永也因此名声大噪。

而柳永之所以写这首词,是因为自己身份卑微,无法直接拜见杭州的军政长官,于是写下这首词让杭州的舞女频频吟唱,希望能够得到上层人物的垂青。

可惜现实是残酷的,柳永虽然声名远播,但是他最想要的东西却没有得到。

事实上,柳永一生的悲剧也是从这里开始的。他完全不像一个传统的文人墨客,没有枯坐家中、读书写字,反而跑到了风花雪月之地,和一群歌女形影不离。

在古时候,歌女的地位特别低。所以,上流社会的人自然也就看不起柳永了,觉得柳永是一个自我堕落、没有人生追求的人。

但柳永在苏杭的六年,写了大量佳作。这些词,随着歌女的吟唱,慢慢流传到了汴京。

当柳永来到这里,准备参加科举考试的时候,竟然听见了有些歌女正在唱自己写的词,于是更加自信,认为自己一定能够高中榜首,成为"春风得意马蹄疾,一日看遍长安花"的状元郎。

可是,柳永不仅没有成为状元郎,甚至任何功名都没有获得,于是本来就桀骜不驯又一贯风流倜傥的柳永,挥笔写出了这首著名的《鹤冲天·黄金榜上》。

开篇第一句"黄金榜上,偶失龙头望"里的"黄金榜",就是录取进士的金字题名榜,而龙头则是状元的别称。柳永说,自己没有金榜题名,只不过是皇帝一时大意。

这是一个气势非常高昂的开头,接着,柳永笔锋一转,"明代暂遗贤,如何向",即便是很开明的朝代,也会有圣贤之才没有被朝廷发现,个人对此又有什么办法呢?

宋朝号称清明盛世,却也不能做到"野无遗贤",讽刺意味一下子就出来了。不仅如此,还大大提升了整首词的时空感,从柳永的个人遭遇延展到古今才华埋没之士。"明代暂遗贤"后,紧跟"如何向"三个字,把镜头重新聚焦于柳永个人。

时代如此,朝廷如此,一介书生该何去何从呢?只能守着狂傲之下的无奈罢了。

他继续写道:"未遂风云便,争不恣游狂荡。何须论得丧?

才子词人,自是白衣卿相。"士子贤才,谁不渴望风云际会一展抱负,可如今时运不济,倒不如去过随心所欲的生活,忘情于烟花柳巷,沉浸在浪荡酒场。何必为了功名患得患失呢?我本是风流才子,为歌姬谱写唱词,即便身着素衣,也是风月场中的公卿将相。

下阕开始,柳永不再讨论功名利禄,而是回到了上阕所说的"狂荡"。第一句"烟花巷陌,依约丹青屏障,幸有意中人,堪寻访",一下子就把读者的视野带回了柳词的常见情景:在歌姬居住的街巷中,摆放着彩绘的屏风,幸好意中人居住在此不曾离去,好歹是让落榜考生有了一个可以寻访的去处。

"且恁偎红倚翠,风流事,平生畅。"与她们依偎在一起,共享人生风流,这才是柳永平生最快乐的事呀!"青春都一饷。忍把浮名,换了浅斟低唱!"人生如白驹过隙,青春不过一瞬之间,哪经得起虚度浪费呢?名声与职位如浮土一般,与其追求浮名,还不如举起手中浅浅一杯酒,换取耳畔轻声细语之歌。

在写作手法上,这首词的结尾"忍把浮名,换了浅斟低唱"对应了这首词的开头"黄金榜上,偶失龙头望"。这是一种逻辑上的回环,在开头和结尾都写了同样一件事情,但是表达了不同的观点和情感。这样一对比,就能看出柳永复杂的情感,他渴望功名,但骨子里却有着桀骜不驯的风流,这两种特质如同冰火同器。所以,看似洒脱的柳永,内心一直受着煎熬。

柳永自恃才高,所以当现实与理想相去甚远的时候,才会心生怨气。这种怨气是不得不说的,因为不说便意味着承认失败,承认失败便落人话柄,证实了士大夫们看不起他的原因;但是,这种怨气又不方便直说,直说就意味着自己接受了世俗的评判规则,接受了自己是一个在文化阶层中玩不起的人。所以,柳永只能对一切保持不屑,只能故作狂放,才能保持心理优势,掩饰矛盾纠结。

这当然是小知识分子的做派。嘴上说着"才子词人""白衣卿相",但是怎么会甘心一身才华弃置,怎么能忍受终生"白衣"呢?

后来的柳永还是不断应考,努力把握每一次成为"卿相"的机会,哪怕可能性微乎其微。功夫不负有心人,他真的考中过一次,那是他离梦想最近的时刻,连最高统治者宋真宗都看到了他的名字。

如果他的名气没有那么大,这次可以一举登科,但是很可惜,宋真宗不仅记得他,还记得他写过的词,于是直接提笔奚落:"此人风前月下,好去浅斟低唱,何要浮名?且去填词。"

你不是喜欢花前月下吗?不是不屑于朝廷功名吗?不是"忍把浮名,换了浅斟低唱"吗?可以,那就遂了你的心愿,回去填词吧!

不知道柳永的内心会不会后悔,只是用自嘲的方式轻怼了一下，没想到换来的是权力的硬压。从此，他自称"奉旨填词"，以更加游戏人生的态度，畅游烟花巷陌。

大概在他五十多岁的时候，宋真宗已去世，继位的宋仁宗降低了科举考试的门槛，他才重新入仕，得了一个非常小的官职。他不再是白衣，可也没有当上卿相……

鹤冲天·溧水长寿乡作

周邦彦

梅雨霁,暑风和。高柳乱蝉多。小园台榭远池波。鱼戏动新荷。

薄纱厨,轻羽扇。枕冷簟凉深院。此时情绪此时天。无事小神仙。

鹤冲天·梅谢粉　欧阳修

梅谢粉,柳拖金。香满旧园林。养花天气半晴阴。花好却愁深。

花无数。愁无数。花好却愁春去。戴花持酒祝东风。千万莫匆匆。

雨霖铃 · 寒蝉凄切

　　雨霖铃，原教坊曲名，后作词调名，又名《雨霖铃慢》。宋词中的《雨霖铃》是借旧曲名另作的新声，最初见于柳永的《乐章集》。公元755年寒冬，安史之乱如同一声惊雷猛然爆发，唐玄宗不得不仓皇逃往蜀中避难。不料途经马嵬驿时爆发兵变。士兵们高呼，要求处死祸国殃民的宰相杨国忠和杨贵妃。呼喊声一浪高过一浪，曾经高高在上的唐玄宗，只能忍痛割爱。后来，在入蜀的栈道上，如泣如诉的秋雨敲打着皇家马车上的銮铃，唐玄宗再也抑制不住对贵妃的思念之情。于是采雨声、铃声入曲，命梨园弟子张野狐编为《雨霖铃》曲，以此寄托哀思。

寒蝉凄切，	平平⊕仄，
对长亭晚，	仄平平仄，
骤雨初歇。	仄仄平仄。
都门帐饮无绪，	平平仄仄平仄，
留恋处、兰舟催发。	平仄仄、平平平仄。
执手相看泪眼，	仄仄平平仄仄，

竟无语凝噎。　　　　　　　　仄平仄平仄。
念去去、千里烟波，　　　　　仄仄仄、平仄平平，
暮霭沉沉楚天阔。　　　　　　仄仄平平仄平仄。

多情自古伤离别，　　　　　　平平仄仄平平仄，
更那堪、冷落清秋节！　　　　仄平平、仄仄平平仄！
今宵酒醒何处？　　　　　　　平平仄仄平仄？
杨柳岸、晓风残月。　　　　　平仄仄、仄平平仄。
此去经年，　　　　　　　　　仄仄平平，
应是良辰好景虚设。　　　　　平仄平平仄仄仄。
便纵有千种风情，　　　　　　仄仄仄⊕仄平平，
更与何人说！　　　　　　　　仄仄平平仄！

柳永

【声律】

◎双调，一百零二字，上阕九句，下阕八句。

◎押仄声韵。上阕押"切""歇""发""噎""阔"五仄韵，下阕押"别""节""月""设""说"五仄韵。

"雨霖铃"这三个字，从诞生起就浸透了哀愁凄凉，却一直没有十分应景的佳作。直到它遇上了柳永。柳永充分利用这首曲子声情哀怨的特点，把自己仕途的失意和与爱人难解难分的离愁交织在

一起，写出了自己最好的作品，也写出了婉约词派的金曲。

那一年，柳永四十一岁，在汴京漂泊的十六年中，他先后遭遇了四次科举失败，曾经踌躇满志的"白衣卿相"，在文人雅士的鄙夷中不断破防。他无法再像年轻时一样自信，就连在相好的歌女面前都抬不起头来。他决定离开这伤心地，一路南下，回到适合他的江南水乡。

临别前，留下这一首《雨霖铃·寒蝉凄切》。整首词分上下两阕，上阕写恋人分别时刻的缠绵悱恻，下阕写想象中离别之后的孤单苦楚。

"寒蝉凄切，对长亭晚，骤雨初歇。"初秋的蝉叫作寒蝉，叫声穿透力强而且非常凄凉，好像要把秋天的萧瑟荒凉都喊出来一样。古人常说"十里长亭相送"，"长亭"原本是指交通要道旁边、每隔十里修建的供行人休息的地方，因为是送别的必经之地，所以在诗词中，它就变成了离愁别恨的代名词。一场秋雨过后，词人来到长亭，远处的落日黄昏伴着寒蝉的凄厉鸣叫，共同为接下来的故事渲染出伤感的气氛。

"都门帐饮无绪。"古人在送别的时候，有一个习惯，就是搭一个帐篷在里面喝酒，叫作"帐饮"。京城外的帐饮，通常是送别失意返乡的游子或者遭贬谪放逐的罪臣，因此"都门帐饮"暗寓仕途受挫。此情此景让人心头"无绪"，就像李后主写的"剪不断，理还乱，是离愁，别是一般滋味在心头"。

李后主的离愁，多是想象与回忆，但柳永的离愁却如此真切。"留恋处、兰舟催发。"恋人举杯，想要饮下这离愁，留住匆匆溜走的相聚时光,但客船却有固定的出发时间,船家不断催促。恋人的挽留与船家的催促,像是词人内心互相拉扯的两股力量,等着他做最终的抉择。

"执手相看泪眼,竟无语凝噎。"不得不分开,词人牵起了恋人的手,四目相对,泪眼婆娑,竟连半句话都说不出来。现实的无情,总是能战胜落魄汉的深情。一句朴素的白描,就让一对恋人的伤心落魄跃然纸上,这就是所谓的"语不求奇,而意致绵密"。

可是客船还是按时开动了,两个泪人深情对望,渐渐地,身影变得模糊,对方远远地消失在了目力所及之处。是啊,曾经车马船只都很慢,离别都是一点一点发生的。

"念去去、千里烟波,暮霭沉沉楚天阔。"想到这一去,路途遥远,烟波渺茫,傍晚的云雾笼罩着天空,深厚广阔,不知尽头。一个"念"字,让读者开始想象:词人带着浓浓的哀愁,去往水汽朦胧的地方,岂不是要把广阔的南方都渲染得阴沉?"去去"叠字连用,用得极好:在语义上,"去去"表示越去越远,反映的是词人不愿去而又不得不去的内心纠结;在音律上,两个仄声反复咏叹,在抒情的长句中,形成一处波浪,让语言更加生动灵活。

从寒蝉凄切、都门送别,到兰舟催发、执手相看泪眼,再到千里烟波、暮霭沉沉,离别的情绪不断地积累,直到最后的爆发,将眼前之景延伸到对离别之后的想象。

词的下阕,宕开一笔,先作泛论:"多情自古伤离别,更那堪、冷落清秋节!"自古以来,多情之人就会为离别而伤感,如果离别发生在一个冷清凄凉的秋天,那么伤感之情也会更加重些。"自古"两个字,一下就把这首词的时空感打开了。此时此刻的柳永,与古往今来的多情客一起,成了秋日离愁的一个注脚。这个注脚,好像要解释"冷落清秋"与"伤离别"之间的关联,但是哪里需要解释呢?这是自古以来,多情之人的通病啊!

"今宵酒醒何处?杨柳岸、晓风残月。"告别的时候喝醉了,醒来已是第二天破晓。船开到了哪里?生命将要漂泊到何处?这是酒醒后的心境,也是他漂泊江湖的感受。"柳"与"留"谐音,写的是留不住的离情;晓风残月,写的是离别后的难再团圆。

这几句景语,将离人凄楚惆怅、孤独忧伤的感情,表现得分外真切;同时,一问一答又带有些许哲学意味,让人回味无穷。"醒"代表一个生命从蒙昧到觉知的变化,"酒醒何处"就是在问,"何时才能参透生命的真谛";而"杨柳岸、晓风残月"好像回答了,又好像什么都没有回答,因为生命的顿悟,可能就是面对"杨柳""残月"这样寻常之物而发生的,但是没有顿悟之前,你永远不知道触发点在何处。

"此去经年,应是良辰好景虚设。便纵有千种风情,更与何人说!"这四句更深一层地推想了离别以后的惨况。从此以后,还有很多美好时光,可是没有心爱之人与自己共享,良辰好景也只是虚设;即便感慨万千,又能向谁倾诉呢?悲伤到极致,大概就是对一切都提不起兴致。这几句把词人的思念之情、伤感之意刻画到了细致入微、至尽至极的地步,也传达出彼此关切的心情。结句用问句形式，感情显得更强烈。

自古以来，"离别"都是文学作品中常见的写作主题。屈原在《九歌》中写道："悲莫悲兮生别离。"江淹在《别赋》中写道："黯然销魂者，惟别而已矣。"关于离别的诗词更是数不胜数。柳永的这首《雨霖铃》，可以算是其中艺术成就最高的作品之一。

一句"今宵酒醒何处？杨柳岸、晓风残月"，更是成了宋词婉约风格的名句。宋人笔记《吹剑续录》中，讲了这样一个故事。苏东坡有一天问友人，自己的词比起柳永的词怎么样？朋友就说："柳郎中词，只合十七八女郎，执红牙板，歌'杨柳岸、晓风残月'。学士词，须关西大汉、铜琵琶、铁绰板，唱'大江东去'。"可见这首词的影响力。

此外，元杂剧、散曲中，就经常引用这首词的意境和句子。比如，在《西厢记》中，张生和崔莺莺在一个凄凉的深秋分别，离别之后的张生酒醒梦回，思念着远方的崔莺莺。这段剧情几乎就是《雨霖铃》这首词的翻拍。

可是，写下这首词的柳永，怎么会知道这些呢？公元1053年，他与世长辞，离开了这个折磨他一世却又让他千古留名的世界。无论是皇帝还是士大夫阶层，都看不起他，只有市井街头的百姓们和酒肆放歌的歌女喜欢吟唱他的词。或许是因为官场上的失意，他才能把更多的精力投入诗词创作。但也是因为创作了百姓喜闻乐见的词作，他才可以超越普通宋代官员，成为一个后世闻名的词作家……

雨霖铃·明皇幸相蜀 李纲

蛾眉修绿。正君王恩宠,曼舞丝竹。华清赐浴瑶瓮,五家会处,花盈山谷。百里遗簪堕珥,尽宝钿珠玉。听突骑、鼙鼓声喧,寂寞霓裳羽衣曲。

金舆远幸匆匆速。奈六军不发人争目。明眸皓齿难恋,肠断处、绣囊犹馥。剑阁峥嵘,何况铃声,带雨相续。谩留与、千古伤神,尽入生绡幅。

雨霖铃·天南游客 黄裳

天南游客。甚而今、却送君南国。薰风万里无限,吟蝉暗续,离情如织。秣马脂车,去即去、多少人惜。为惠爱、烟惨云山,送两城愁作行色。

飞帆过、浙西封城。到秋深、且舣荷花泽。就船买得鲈鳜,新谷破、雪堆香粒。此兴谁同,须记东秦、有客相忆。愿听了、一阕歌声,醉倒拚今日。

踏莎行·郴州旅舍

踏莎行,原教坊曲名,后用作词牌名。明代杨慎在《词品》中说调名取自唐代韩翃诗句"踏莎行草过春溪"。此调别名众多,包括《喜朝天》《柳长春》和《踏雪行》等。

雾失楼台,	仄仄㊀平,
月迷津渡,	仄平㊀仄,
桃源望断无寻处。	㊀平仄仄平平仄。
可堪孤馆闭春寒,	仄平㊀仄仄平平,
杜鹃声里斜阳暮。	㊀平㊀仄平平仄。
驿寄梅花,	仄仄㊀平,
鱼传尺素,	㊀平仄仄,
砌成此恨无重数。	仄平㊀仄平平仄。
郴江幸自绕郴山,	㊀平㊀仄仄平平,
为谁流下潇湘去?	仄平㊀仄平平仄?

秦观

第二章 风格与地位的碰撞

【声律】

◎双调，五十八字，上下阕各五句。

◎押仄声韵。上阕押"渡""处""暮"三仄韵，下阕押"素""数""去"三仄韵。

柳永去世之前，北宋词坛迎来了另一位多情才子——秦观。与柳永一样，秦观也出身于小官僚家庭，登科入仕全靠自己打拼，命运浮沉却半点由不得自己；两个人的词都以儿女情长、身世感伤的题材居多，词风也都是婉约派，对后世影响都很深。

不同的是，秦观的词，无论是写于失意落魄之际还是春风得意之时，都是细腻敏感、哀而不伤的，不像柳词那般催泪。这个特点，当然与他的人生经历有很大的关系。

他在而立之年，受到苏轼、王安石两位前辈的提携，又在不惑之年，因为新旧党争而断送前途——他的成败必然与个人性格有关，但好像决定性因素都在别人手中。这里的"别人"主要指的是与他亦师亦友的苏轼。

苏轼比秦观大十二岁，但是因为出名较早，所以在不惑之年已经声名显赫。秦观十分崇拜他，但是一直没有机会与其见面。公元1078年，苏轼自密州去往徐州任职，秦观得到消息，决定前往拜谒，还写了一首诗，诗名为《别子瞻学士》，其中写道："我独不愿万户侯，惟愿一识苏徐州。"

苏轼也是爱才之人，很快便与秦观成为朋友。他们不仅同游徐州当地名胜，互赠诗文，还相约一起游无锡、湖州、会稽。在苏轼的劝说下，秦观开始发奋读书，积极准备参加科考，可是运气欠佳，两度应考均名落孙山。苏轼为之抱屈，作诗、写信予以劝勉，还毫不吝啬地称赞他"有屈（原）宋（玉）才"。

公元1084年，苏轼途经江宁，刚好遇到在此地主持变法的王安石，于是向他力荐秦观，后来又递上书信，写道："愿公少借齿牙，使增重于世。"王安石读过秦观的诗歌，也赞叹，"其诗清新妩媚，鲍（照）谢（灵运）似之"。

在两位前辈的称赞声中，秦观再度赴京应试，果然考中进士，被派做定海主簿、蔡州教授。后来，神宗去世，太皇太后不太支持王安石新法，于是启用了很多旧党的人，苏轼就是其中之一。苏轼刚回到汴京，就在朝廷里推荐他的小兄弟秦观，所以秦观也被召回来，迁秘书省正字，任太学博士、国史院编修官。

秦观的命运到此为止，都是一路上升的。不像李商隐、柳永，才华过人，却总是阴差阳错地沉于下僚；盼望一个上升的机会，但求而不得。可是命运这件事，真的很难说。老子说"祸兮福之所倚，福兮祸之所伏"，或许一个人春风得意的时候，正是暴风雨来临的前夜。

秦观做国史院编修官，编修《神宗实录》。其实这是一个很清闲的官职，主要任务就是把先皇的生平事迹整理成册，然后赞美一番，可是说起来简单，执行起来有一个大坑。因为，已经过世的神宗支持变法，而当权的宣仁太后反对变法，对于神宗的功过，说好也是错，说不好也是错，秦观夹在中间，很难明哲保身，反而遭到了很多人的嫉恨弹劾。

其实，早在他接受苏轼推荐的时候，他的命运就已经与这位大人物牢牢地绑定了。苏轼身处反对王安石变法的旧党阵营，在北宋中后期的新旧党争中，一直处于时进时退、被贬谪又被召回的尴尬处境。公元1094年，太皇太后病逝，宋哲宗亲政。有意支持新党的皇帝，放逐了苏轼，秦观也随之被踢出了京城。打这以后，他再也没回来，命运的走势再也没有反弹……

公元1097年，四十八岁的秦观被贬到湖南郴州，被削去所有官爵和俸禄，写下了这首经典的《踏莎行·郴州旅舍》。上阕起笔"雾失楼台，月迷津渡，桃源望断无寻处"。在江南的晚春季节，近处的楼台消失在浓浓的水雾中，远处的渡口也消失在了朦胧的月色中。放眼望去，烟波浩渺，人世间最美好的桃花源也找不到了。楼台、渡口是唐诗宋词中常见的意象，"楼台"通常代表一种较高的境界，比如，王之涣的"欲穷千里目，更上一层楼"；而"津渡"则代表人生的出路，比如王勃写的"城阙辅三秦，风烟望五津"。

从表面来看，秦观是在描写景物。但是，这何尝不是秦观自己内心世界的写照呢？此时此刻，他的人生，就像月色和浓雾中的楼台津渡，陷入了漫无边际的迷茫、绝望。

秦观和苏轼完全是两种性格的文人，苏轼是个乐天派，即便遭遇无数挫折，他也能够自我安慰，写出"竹杖芒鞋轻胜马，谁怕，一蓑烟雨任平生"这样的词句；而秦观却是一个极度敏感和细腻的人，很容易陷入无边无际的悲观中，所以他的词总是有一层挥之不去的悲凉感。被雾吞噬的楼台、被月色淹没的渡口、无处寻觅的桃源，三重否定堵死了他所有的出路，何其悲凉。

"可堪孤馆闭春寒，杜鹃声里斜阳暮。"夕阳西下，杜鹃泣血，四周一片春寒料峭，独居客馆的人，又怎么能够忍受这无边的寂寞呢？一个"馆"字，已暗示词人正在羁旅之中，"孤馆"则进一步说明客舍的寂寞和游子的孤单。"孤馆"又紧紧封闭于春寒之中，置身其间的词人其心情之凄苦就可想而知了。可偏偏，杜鹃在此刻悲鸣，夕阳在此刻斜照，为什么所有的荒凉景色一起来折磨人呢？在诗词中，杜鹃啼叫是一种很常用的意象，用来形容哀痛之极，白居易在《琵琶行》中就有"其间旦暮闻何物？杜鹃啼血猿哀鸣"的诗句。

下阕，秦观写道"驿寄梅花，鱼传尺素，砌成此恨无重数"。远方的朋友寄来了书信表达关心，可是词人并没有感觉到温暖，反而增添了更多的怨恨、离愁。

"驿寄梅花""鱼传尺素"是两则朋友间千里送信表达情谊的典故。"驿寄梅花"来源于北魏的一首五言绝句《赠范晔》："折梅逢驿使，寄与陇头人。江南无所有，聊赠一枝春。""鱼传尺素"则出自汉代的《饮马长城窟行》："客从远方来，遗我双鲤鱼。呼儿烹鲤鱼，中有尺素书。"古人在传递书信的时候，习惯将书信放进鱼形的匣子里，既美观又方便携带。于是，"鱼传尺素"就成为传递书信的一个代名词，也表示接到朋友问候的意思。

书信和馈赠越多，离恨也积得越多，无数"梅花"和"尺素"，仿佛堆砌成了"无重数"的恨。词人这种感受是很深切的，而这种感受又很难表现，故词人创新手法，只说"砌成此恨无重数"。这一个"砌"字，把原本抽象的悲苦变成了似乎可以量化的具体的事物。那一封封书信、一束束梅花，仿佛成了一块块砖石，层层垒起，达到"无重数"的极限。

下阕的最后，秦观写道："郴江幸自绕郴山，为谁流下潇湘去？"郴江啊，你完全可以围绕着郴山去流淌，为什么要流向潇江、湘江呢？在这里，秦观其实是把自己暗喻成了郴江，把潇江、湘江暗喻成了斗争激烈的政局。自己好端端一个热血青年，本来想着为朝廷做一番事业，但是人算不如天算，自己竟然被卷入一场旷日持久的政治斗争中，真是无奈呀！

此时此刻的秦观，的确是心如死灰。后来，他终日借酒消愁，甚至提前为自己写好了挽词：

"家乡在万里，妻子天一涯。"

"空蒙寒雨零，惨淡阴风吹。"

"亦无挽歌者，空有挽歌辞。"

…………

这是一首彻底绝望的挽歌。似乎死亡对秦观来说，就只是时间问题。这样的时光，大概过去了两三年。公元1100年，宋哲宗驾崩，曾经贬谪到外地的旧党官员，陆续被召回。秦观也在行将就木的时候，看到了一点希望。

在返程的途中，他觉得有些口渴，就叫人拿些水来，等有人把水端到秦观跟前的时候，他已经面含微笑，与世长辞了……

延展阅读

踏莎行·庚戌中秋后二夕,带湖篆冈小酌

辛弃疾

夜月楼台,秋香院宇。笑吟吟地人来去。是谁秋到便凄凉?当年宋玉悲如许。

随分杯盘,等闲歌舞。问他有甚堪悲处?思量却也有悲时,重阳节近多风雨。

踏莎行·候馆梅残 欧阳修

候馆梅残,溪桥柳细,草薰风暖摇征辔。
离愁渐远渐无穷,迢迢不断如春水。

寸寸柔肠,盈盈粉泪,楼高莫近危阑倚。
平芜尽处是春山,行人更在春山外。

鹊桥仙·纤云弄巧

鹊桥仙，词牌名。此调有两格体，分为八十八字和五十六字。本处所引词为五十六字的格体，此格体出自欧阳修，因欧阳修有"鹊迎桥路接天津"的词句，遂定为调名。民间有一传说，说每年农历七月初七是天上织女会牛郎的日子，喜鹊会在天上筑造一座帮助二人渡过银河的桥，使得有情人相会。

纤云弄巧，	⊕平⊕仄，
飞星传恨，	⊕平⊕仄，
银汉迢迢暗度。	⊕仄⊕平⊕仄。
金风玉露一相逢，	⊕平⊕仄仄平平，
便胜却、人间无数。	⊕仄仄、⊕平⊕仄。
柔情似水，	⊕平⊕仄，
佳期如梦，	⊕平⊕仄，
忍顾鹊桥归路。	⊕仄⊕平⊕仄。
两情若是久长时，	⊕平⊕仄仄平平，

又岂在、朝朝暮暮。　　　　　仄仄仄、⊕平仄仄。

秦观

【声律】

◎双调，五十六字，上阕五句，下阕亦五句。

◎押仄声韵，上阕"度""数"押韵，押二仄韵；下阕"路""暮"押韵，押二仄韵。

1908年1月，被称为中国近代最后一位美学家和文学思想家的王国维的继母叶太夫人病逝，远在日本的王国维，奔丧而归。当年4月，他携家眷北上，赁屋于北京宣武门新帘子胡同。整理完琐碎的事务后，他望着面前的一堆手稿发呆。他想要谋划一件大事，要用自己对美学和哲学的理解，对当时（晚清）流行的两个词派进行改革。当时的词派，主要分为浙西派和常州派。浙西词派主清空柔婉，而失于浮薄纤巧，只停留在表面的浮华之上，显得尤为不真切。比如浙西词派创始人朱彝尊的词《天仙子》：

小棹若邪乘晓入，苧萝人已当风立。好春不雨但浓阴，铅水急。溪纱湿，丽草云根香暗拾。

而常州派的词则提倡深美闳约，沉着醇厚，以立意为本，发挥意内言外之旨，主张词应有寄托。

王国维则不能完全认同两派的看法。于是，在返乡期间，他整理了原本在报刊上发表的所有关于词论的手稿，创作出了在中国近代文学史和美学史上具有划时代意义的评论——《人间词话》。他强调写真景物、真感情，要写得真切"不隔"；对于常州派，他反对所有词都必须有寄托的说法，认为并不是有寄托的词才是好词。比如柳永的《八声甘州》和苏轼的《水调歌头》，皆为伫兴之作，然而格高千古。因此，他认为哪怕是伫兴之作，写情语、写景物，只要真切不隔，有境界，便是好词。

王国维还认为，一流的诗人可分为两种，一种是主观之诗人，不必多阅世，阅世愈浅，则性情愈真，李后主就是这样的人；另一种是客观之诗人，不可不多阅世，阅世愈深，则材料愈丰富、愈变化，《红楼梦》《水浒传》的作者正是如此。《红楼梦》《水浒传》的作者明明是小说家，为什么会被王国维称为"诗人"呢？其实在那个年代，小说家在文人眼里是不入流的，而把他们称为诗人，则是对小说家最高的赞美。

按照王国维的说法，立意、辞藻和阅历，都不是评判词或者词人高下的标准。那区分好词和坏词的标准究竟是什么呢？在王国维看来，有两个重要的标准：一是前面提到过的"不隔"。简单理解，就是词给人们带来的审美体验越直接就越好。他有一个著名的论点最能解释这个概念——"词最忌用替代字"。在《人间词话》中，他借用周邦彦的一句词"桂华流瓦"举例，说这句词虽然境界高妙，但可惜用"桂华"来代替"月"。明明可以直截了当地说月光照在瓦面上，词人偏偏要迂回一下，说桂华流淌在瓦面上，这就与词的欣赏者之间产生了隔阂。

就连王国维一向很欣赏的秦观，在年少入苏门时，作的一首《水龙吟》中间有"小楼连苑""绣毂雕鞍"两句，也被王国维批评。那么越简单就越好吗？王国维并没有表达这样的观点，他的意思是不仅要真切，还要欣赏者有审美体验。

可以拿胡适与王国维进行对比。王国维很欣赏纳兰词，因为纳兰词的一个经典特色就是"明白如话"，也就是像大白话一样明白晓畅。"人生若只如初见"，这就是"明白如话"的句子，相信你不用查字典就能够很清楚地明白这句词的含义。然而，胡适却认为这还不够，因为下面的一句词"何事秋风悲画扇"就用了一些典故。那他想要的是什么样的内容呢？他曾经在自己的《词选》中引用过一句他认为极好的词，由于内容过于空洞，只简单地罗列两句："俏人儿，人人爱，爱你多丰采，俊俏好身材……何日两和偕，才了相思债？"

这样的词，就算再直白，相信你也不会喜欢。王国维认为，这样的词只能算是伶工词，也就是庸俗的乡间小调，而不能算作上流的"士大夫词"。这时候就要引出王国维认为好词的第二个标准，那就是"境界"。"不隔"正是对"境界"的一种补充，他说道："境非独谓景物也，喜怒哀乐，亦人心中之一境界。故能写真景物、真感情者，谓之有境界；否则谓之无境界。""古今词人格调之高，无如白石。惜不于意境上用力，故觉无言外之味、弦外之响,终不能与于第一流之作者也。"而境界有大小之分,也有"有我"和"无我"之分,然而却无优劣之分。

因此"境界"要具备三个特点:情与景的统一;情景需真;以上要通过鲜明真切的语言表达。中年以后的秦观恰是如此。王国维在《人间词话》中写道:"以境胜者,莫若秦少游。"就像这首《鹊桥仙·纤云弄巧》。

上阕起笔"纤云弄巧,飞星传恨,银汉迢迢暗度"。天边轻盈的云彩,不断地变幻着形状与颜色,就像织女正在编织美丽的丝绸彩缎。夜空中偶尔飞过的流星,相互传递着相思的哀愁。今夜是七夕佳节,词人独自望着遥远又广阔的银河,思绪早已悄悄飞过。"巧"与"恨"分别用在前两句的句尾,点明了人间纷繁热闹的"乞巧"活动,以及天上牛郎、织女分隔两地的悲剧故事。两相对比,一明一暗、一喜一悲,但因为都是发生在七夕这一日,所以对立的同时又十分和谐。

关于银河,《古诗十九首》云:"河汉清且浅,相去复几许?盈盈一水间,脉脉不得语。"盈盈一水间,近在咫尺,似乎连对方的神情语态都宛然在目。这里,秦观却写道:"银汉迢迢暗度",以"迢迢"二字形容银河的辽阔,牛郎、织女相距遥远。这样一改,感情深沉了,突出了相思之苦。迢迢银河水,把两个相爱的人隔开,相见多么不容易!"暗度"二字既点"七夕"题意,同时紧扣一个"恨",他们踽踽宵行,千里迢迢来相会。

上阕结句:"金风玉露一相逢,便胜却、人间无数。"久别的情侣在金风玉露之夜重逢,即便一年只有一次,也足以艳压人间千遍万遍的相会。这里的"金风玉露",引用李商隐的诗句"由来碧落银河畔,可要金风玉露时"。

在这首词的下阕,秦观接着写道:"柔情似水,佳期如梦,忍顾鹊桥归路。"两情相悦的爱意,就像是一泓悠悠无声的流水,温柔甜美,让人沉醉;可是这样的相会,一年只此一回,就像做梦一般,一闪而过,令人心碎。刚刚借以相会的鹊桥,转眼就变成了分离的归路,只恨时光太匆匆。"柔情似水"呼应了上阕的"银汉迢迢";"佳期如梦",除了诉说时间飞逝,还写出久别重逢后的复杂心情。梦中的美好总是匆匆而去,梦醒时分只剩下恋人的背影,让人久久不能释怀。

词写到这里,在感情上已经非常饱满了。但是秦观又进了一步,把个人的感怀,泛化上升为世间所有爱情的真谛——"两情若是久长时,又岂在、朝朝暮暮"。只要两个人感情深厚,经得起时间的考验,就算终年天各一方,也比那些朝夕相处的爱情更加牢固。

这两句情深义重的抒情,早已成为爱情诗歌中的绝响。因为政治生命被动,秦观的所有情感关系都好像浮萍一般,由不得自己,正如牛郎、织女被一道天堑斩情丝。但同时,秦观也在呼唤一种更崇高的、更纯粹的爱情观:爱不是肉体生命的朝夕相伴,那种有时间地点限制的情感关系并不牢靠;爱是发自内心的共鸣,即便相隔万里也能同频共振、相连相通。正是这一点,使得这首词远远超越了同题材的其他作品。

鹊桥仙·夜闻杜鹃　陆游

茅檐人静,蓬窗灯暗,春晚连江风雨。林莺巢燕总无声,但月夜、常啼杜宇。

催成清泪,惊残孤梦,又拣深枝飞去。故山犹自不堪听,况半世、飘然羁旅!

鹊桥仙·一竿风月 陆游

一竿风月,一蓑烟雨,家在钓台西住。卖鱼生怕近城门,况肯到、红尘深处?

潮生理棹,潮平系缆,潮落浩歌归去。时人错把比严光,我自是、无名渔父。

第二章 词圣苏东坡

蝶恋花·春景

蝶恋花，原教坊曲名，后为词调名，本来名为《鹊踏枝》，宋晏殊因为南朝梁简文帝萧纲"翻阶蛱蝶恋花情"的诗句，将词牌改为《蝶恋花》。此调别名众多，包括《黄金缕》《卷珠帘》《明月生南浦》《细雨吹池沼》《凤栖梧》《一箩金》《鱼水同欢》和《转调蝶恋花》。

花褪残红青杏小。	⊕仄⊕平平仄仄。
燕子飞时，	⊗仄平平，
绿水人家绕。	⊗仄平平仄。
枝上柳绵吹又少，	⊕仄⊕平平仄仄，
天涯何处无芳草。	⊕平⊕仄平平仄。
墙里秋千墙外道。	⊕仄⊕平平仄仄。
墙外行人，	⊕仄平平，
墙里佳人笑。	⊕仄平平仄。
笑渐不闻声渐悄，	⊗仄⊕平平仄仄，
多情却被无情恼。	⊕平⊗仄平平仄。

苏轼

【声律】

◎双调,六十字,上阕五句,下阕亦五句。

◎押仄声韵。上阕"小""绕""少""草"押韵,押四仄韵;下阕"道""笑""悄""恼"押韵,押四仄韵。

话说有一天,苏东坡问他的朋友:"我的词比柳永的词,何如?"

苏轼的朋友回答说:"柳郎中的词,要由十七八岁的妙龄女郎,手执红色檀牙拍板来唱'晓风残月';而你的词,要由关西大汉,手拿铁绰板唱'大江东去'。"

这是宋人笔记《吹剑续录》里记载的故事,反映了人们对苏词和柳词的一种认识。也就是说,柳永属于典型的婉约派,风格柔美淫艳,他的词专供酒肆歌坊吟唱;而苏轼是典型的豪放派,铁骨铮铮,写的全是历史人生。

如果真的这样认为,就太武断了!从晚唐五代一直到北宋中期,花间派一直是词坛的主流。

柳永在花间派小令的基础上,创制了大量叙事的慢词,对于词这种文体的形式,有了很大的创新,但是内容上仍然以恋情、离愁和宴饮为主。

苏轼很少写这些靡靡之音,也没有用花间词的传统风格来限制自己;而是用怀古、说理、言志等写诗的方法,把自己的胸襟抱负写成词。

因此，苏轼的词，在内容上更加广博深刻、豪迈旷达。这就明显区别于柳永，把词推向了一个境界更高、格调更雅的方向。

这种方向性的选择，与苏轼从小养成的性格有很大的关系。

苏轼出生于四川眉山，与父亲苏洵、弟弟苏辙均位列"唐宋八大家"。《三字经》上说："苏老泉，二十七，始发愤，读书籍。"苏轼很幸运，到他该读书时，自号"老泉"的父亲苏洵，已经开始高强度地读书了，家里的藏书不仅越来越多，质量也非常高。

"门前万竿竹，堂上四库书。"苏轼很喜欢贾谊等人纵横捭阖、议论风发的文章，也欣赏他们为国为民的使命感和自信心，后来苏轼又爱上了旷达而自由的庄子。

不过苏轼并不是个书呆子。他活泼得很：风中采野果，雨中摘蔬菜，一玩玩到天黑才回家。他还喜欢和人聊天，喜欢交友。总体来说，性格偏豪爽大气。

苏轼二十一岁时高中进士，主考官即当时的文坛盟主——欧阳修，他发现苏轼的文章说理透彻，大开大阖，越读越觉得痛快，不由得感叹："三十年后，怕是没人再提老夫了！"

那时的苏轼不仅文章气势足，仕途上也比较锋锐。公元1061年，二十五岁的苏轼出任陕西凤翔签判，也就是知府的助理。知府本着锤炼年轻人的好意，对苏轼一贯严格要求。苏轼气得不行，故意不参加官府庆典，结果受到处罚。

三年任期结束后，苏轼回到京城。此时，锐意改革的宋神宗和改革家王安石联手进行了一场变法。苏轼是支持社会改革的，但他不赞成王安石的激进。对王安石变法的评价到现在也是见仁见智，王安石固然有盲点，但工作经验尚浅的苏轼未必就比王安石看得更远，不过那时苏轼没意识到这一点。

他激烈反对新法，就连批评起宋神宗也毫不客气。

宋神宗曾经询问苏轼对自己的看法，苏轼连珠炮般地说："求治太急，听言太广，进人太锐。"好在宋神宗一向看重苏轼的才气，不但不生气，反倒鼓励苏轼继续为他思考治国之策。

可想而知，苏轼当时有多么兴奋，以后又几次上书宋神宗。但宋神宗决意推行新法，对苏轼渐渐有些不耐烦了。这种态度自然让苏轼失望，但让他更难受的是，他被诬陷了。

这些年为了能把新法推行下去，宋神宗来不及仔细考察，就任用了不少所谓支持新法，其实是借机上位的小人。这些人当然讨厌苏轼，一见宋神宗对苏轼态度变了，立刻开始无中生有，给他安起罪名来。

虽然最后查无实据，但是这种"泼脏水"的行为，还是让苏轼再也不愿意待在京城了。于是他请求外任，就这样来到了杭州，做起了杭州通判。就是在这个有"人间天堂"美誉的城市，苏轼正式开始填词。

这里的"正式开始"，并不意味着苏轼之前没有填过词，只是说找不到流传下来的词作。他在杭州待了三年，第一年不过写了两首词，第三年却高达四十二首，为一生之最。

为什么杭州会成为苏轼填词的井喷地？这和杭州的自然、人文环境分不开，和苏轼的心态变化也有很大关系。

杭州迷人的山水，简直就是婉约词作的温床，这也是南国多词人的原因之一；而另一个原因，就是杭州的宴席场合比较多，自然需要大量的唱词。

此时的苏轼，才干日渐增长，比起当年在陕西凤翔，他在杭州取得了更大的成就。

他疏通了六井，解决了杭州人民的饮水问题，单凭这一条就足以成为县志上的大人物。如此一来，之前十年仕途上的无力与纠结，也消散了不少。他长期被压抑的豪放天性，终于可以释放出来了。释放的最佳方式，自然就是在酒宴上开怀畅饮、畅所欲言了。

在杭州的这些酒宴上，南国词人让苏轼大开眼界，其中对苏轼影响最大的当属张先，就是那个写下"心似双丝网，中有千千结"的张先。

这位东南词坛的领军人物，比苏轼大了将近五十岁，但这并不妨碍苏轼成为他的忘年交。苏轼最有名的一首婉约词是《蝶恋花·春景》，虽然写的是儿女情长，但是已经初步具备了蕴含哲理智慧这个特点。

词一开篇，就呈现出了由春入夏的季节特点。花朵凋谢，留给春天的红色褪得不剩什么，树梢上开始出现小小的青杏；燕子来了，清澈的河水环绕着村落人家。枝头的柳絮随风而逝，越来越少，可普天之下，哪里没有青青芳草呢？

词人对春景的描绘，几乎都是白描。在白描的字里行间，似乎又流露出一点点感伤，"花褪""红残"和"柳绵少"——春天的痕迹慢慢消失，时光不会因为某一刻特别美好，而稍作停留。

不过苏轼的伤感，不像李煜、柳永那样一发不可收。他总有办法在绝望中找到一点希望——花朵凋谢，但是青杏长出来了；柳絮少了，但是芳草却随处可见——这里面有自然界客观的时序流转，也有词人主观的心情转换。春色将尽，但是生机还将延续下去；我们看似失去了很多，但是所有失去都伴有获得。

现代人喜欢用"天涯何处无芳草"来安慰失恋的男女，但是它其实是苏轼安慰自己的一句话。

在生命状态比较低沉的时候，可以试着向外观望，不要被眼前的得失所束缚。这种人生智慧，无论是事业低谷，还是情感受挫，乃至一切暂时的挫折，都是适用的。

词的上阕写景，下阕开始叙事。

"墙里秋千墙外道，墙外行人，墙里佳人笑。笑渐不闻声渐悄，多情却被无情恼。"这是一个很有趣的生活片段。

在一个临街的院子里，可爱的少女一边荡秋千，一边发出悦耳的笑声。声音穿墙而过来到街上，恰巧被经过此地的行人听到了。也许是行人翻墙偷窥一眼，正好被少女看到，于是她躲进房间，四下一片静悄悄；也许是行人驻足良久，少女已经玩累了，便不再欢笑；又或许是少女玩乐依旧，但行人没有停留，这才渐渐听不到笑声……总之，墙内佳人与墙外行人，一个多情，一个无情。无情的，根本没有在意对方；而多情的，却受到了深深的伤害。

词人在艺术处理上十分讲究藏与露的关系。他只写了墙外有路、有行人，墙内有秋千、有佳人笑，但是墙内、墙外有什么关系？佳人、行人有哪些互动？笑声为什么渐渐消失？谁多情，谁又无情？这些统统成为留白，由读者来想象，词人只给了一句判词——"多情却被无情恼"。

这一句也经常被后人引用，用来解释无可挽回的爱情失败。而对苏轼来说，它更像一句自嘲。

自己对江山社稷是多情的，希望施展才华、有一番作为；自己对皇帝是多情的，以为全心全意付出一定会被看到；自己对同窗同僚是多情的，从来不把谁当作坏人，直来直去、毫不防备……结果呢？到头来，被朝廷贬谪、被君王抛弃、被朋友疏远、被时代忽略。当然这只是一种猜测，因为作者并未言明。

其实，不论是在苏轼生前还是死后，人们对《蝶恋花·春景》这首词，都有着不同的解读。有人说，这首词体现的是爱而不得，追而无获；有人说，这是人生失意，却收之桑榆；有人说爱情、婚姻、事业中都存在着围墙，墙里墙外的悲欢并不相通。

一首词，不仅是作者的词，也是读者的词。

你可能会遇到不同的情景，但你说不清楚的情绪、解释不了的困惑，可能早被那些文字高手们说过了。这也是现代人学习古典诗词的意义——别人的词，我们的心，总会在某个时刻、某个角落，不谋而合。

延展阅读

蝶恋花·庭院深深深几许 欧阳修

庭院深深深几许,杨柳堆烟,帘幕无重数。玉勒雕鞍游冶处,楼高不见章台路。

雨横风狂三月暮,门掩黄昏,无计留春住。泪眼问花花不语,乱红飞过秋千去。

蝶恋花·伫倚危楼风细细 柳永

伫倚危楼风细细,望极春愁,黯黯生天际。草色烟光残照里,无言谁会凭阑意。

拟把疏狂图一醉,对酒当歌,强乐还无味。衣带渐宽终不悔,为伊消得人憔悴。

念奴娇·赤壁怀古

　　念奴娇,词牌名。此调别名众多,包括《大江东去》《酹江月》《赤壁词》《醉月》《壶中天慢》《大江西上曲》《太平欢》《寿南枝》《古梅曲》《湘月》《念奴娇》《淮甸春》《白雪词》《百字令》《百字谣》《无俗念》《千秋岁》《庆长春》和《杏花天》。五代王仁裕在《开元天宝遗事》中有相关记载:唐天宝年间有歌女念奴擅长歌舞,念奴的歌声就好像从朝霞中缓缓而来,各种嘈杂的钟鼓笙竽都没有能掩盖住她的声音。《念奴娇》的名称也就由此而来。

大江东去,	⊘平⊕仄,
浪淘尽、千古风流人物。	仄⊕仄、⊕仄平平⊕仄。
故垒西边,	⊘仄⊕平,
人道是、三国周郎赤壁。	平仄仄、⊕仄⊕平⊘仄。
乱石穿空,	⊘仄平平,
惊涛拍岸,	⊕平⊘仄,
卷起千堆雪。	⊘仄平平仄。

江山如画，	⊕平⊕仄，
一时多少豪杰。	⊠平⊕仄平仄。
遥想公瑾当年，	平仄平仄平平，
小乔初嫁了，	⊠平⊕仄仄，
雄姿英发。	平平⊕仄。
羽扇纶巾，	⊠仄⊕平，
谈笑间、樯橹灰飞烟灭。	平仄仄、⊕仄平平⊕仄。
故国神游，	仄仄平平，
多情应笑我，	平平⊕仄仄，
早生华发。	⊠平⊕仄。
人生如梦，	⊕平⊕仄，
一樽还酹江月。	⊠平⊕仄平仄。

苏轼

【声律】

◎双调。一百字，上阕九句，下阕十句。

◎押仄声韵。上阕"物""壁""雪""杰"押韵，押四仄韵；下阕"发""灭""发""月"押韵，押四仄韵。

《念奴娇·赤壁怀古》这首词是苏轼的代表作。在这首词问世六十六年后，南宋的胡仔就在《苕溪渔隐丛话》中说："东坡'大

111

江东去'赤壁词,语意高妙,真古今绝唱。"从这句话开始,《念奴娇·赤壁怀古》就被冠上了"千古绝唱"的光环,直到现在,也光辉不减。

那么,这首《念奴娇·赤壁怀古》为什么会被人誉为"千古绝唱"呢?事情的起因,还要从这首词诞生的背景说起。

公元1082年6月,苏轼的老友张舜民被贬为郴州酒税。在去郴州上任的路上,张舜民想起了苏轼正在黄州当官,于是便绕道来到黄州,看望苏东坡,告诉苏轼这两年发生的战争。

公元1081年秋,西夏发生内乱,宋神宗得知此事后,错误地认为,这是千载难逢的机会,于是,便发动不下四十万军队,兵分五路进攻,企图一举灭掉西夏。

虽然宋军初战得胜,但由于统一指挥不足,五路将帅又互相嫉妒,所以宋军未能将初期的胜势转化为胜果,这就给了西夏军队喘息的机会。因此,在看准了宋军的弱点后,西夏军队果断发动反攻,先是截断了宋军的粮道,然后又掘开黄河,引水倒灌宋军营地。骄傲自大的宋军对西夏人的这次突然袭击,根本没有任何防备,只得仓促迎战,结果自然是大败而归,整个宋军的死伤人数达到了三十万。

但是,这次出征的失败,并没有让宋神宗变得清醒,反而让他有些上头。于是,到了第二年的4月,宋神宗再次出兵讨伐西夏,想要和西夏决一死战。令宋神宗没有想到的是,西夏的梁太后竟主动率领三十万大军,首先攻打了宋军的重要据点——永乐城(今陕西米脂西）。

在这次战斗中，西夏再次利用宋军内部的矛盾，截断了流经城池的水源，给了宋军致命的打击。史料记载："由于城中缺水数日，所挖之水仅能供给将领，士卒渴死了一大半。"西夏军攻破永乐城后，宋军领头的将军战死，两万余名士卒、役夫丧命。

苏轼的老朋友张舜民亲身经历了灵武之战，也目睹了军队战败、撤退途中的种种惨状，于是便写下了两首诗，来抒发自己愤怒的情绪。

可张舜民直抒胸臆的诗篇被别有用心的人故意曲解，他也因此尝到了"文字狱"的厉害，幸好宋朝有"不杀士大夫"的传统，他才保住了脑袋，结果和苏东坡一样被降职外调。

看到老朋友含冤至此，苏东坡最理解他内心的苦楚和处境，一时心中愤懑不已，再加上"乌台诗案"投在身上的阴影还没有完全消失，他急需一个情绪的宣泄口。

那么，苏轼要怎么表达自己内心的苦楚呢？一个月之后，也就是公元1082年7月，苏东坡一时兴起和道士杨世昌去夜游赤壁。两人乘着小舟，飘荡于长江之上，一起吟风弄月，喝酒作诗，好不快活。

泛舟于辽阔的江面上，飘忽不定，让人有在天上云中乘船的感觉。不久，东山上挂起明月，两人望向天空，看着明月徘徊在群山之间，苏轼早已沉醉在这美景之中。

面对如此美妙的夜境，杨世昌也触景生情吹起了箫。如同哭声般悲鸣的箫声，逐渐把苏东坡从仙境带回了让他忧虑的现实。于是，苏轼借用主客问答的形式，隐蔽地说出了心中的困惑和悲愤，这些也就构成了苏轼《前赤壁赋》的主要内容。

时隔不久，苏轼与好友又登上了赤壁矶头，故地神游，心情更加澎湃。这一次，他写下了另一传诵千古的名篇——《念奴娇·赤壁怀古》。

初稿是被黄庭坚记录并抄写下来的。黄庭坚是苏轼最好的朋友，还是苏轼最亲密的学生，所以他抄写的版本应该是原始版本。

最初是国家西线防卫的大失败，引起苏轼心中极大的感触。他写下了类似"乱石崩云，惊涛裂岸"这样有气势的句子，读来令人热血沸腾。

后来，苏轼把"浪涛沉"改成了"浪淘尽"，把"三国孙吴赤壁"改成了"三国周郎赤壁"，把"乱石崩云，惊涛裂岸"改成"乱石穿空，惊涛拍岸"，把"多情应是笑"改成了"多情应笑我"，最后把"人生如寄"改成了"人生如梦"。

那么，苏轼为什么要改呢？因为经历了"乌台诗案"来到黄州后，苏轼的内在思想一直在碰撞，体现在作品上，就是前后措辞改动很大。

从监狱中死里逃生之后，苏轼早已是身心俱疲。为了能心安神定，也为了继续思索人生的意义，他选择了信仰宗教。

初到黄州，苏轼不敢写文章，只读经抄经。因为《经藏记》中都是偈语，没有人能编派他，所以敢写出来。

从这个角度讲，潜心研究佛学是苏轼的主观追求。苏轼从小就对佛教充满了好奇心。他喜欢和僧侣交往，喜欢探访古迹。现在经历了人生的沉浮，他真心觉得世事无常，开始无意识地用佛门思想来思考问题。

但是苏轼并没有打算成为纯粹的佛门弟子。即使被贬为一个人微言轻的小官，他心中也希望有一天能再次被朝廷重用。儒家思想在他的思想体系中仍然占据着主体地位。改变了的，只是苏轼自己那部分的生活方式。

在黄州任职的第三年，苏轼为了保持心灵的宁静和身体的活力，又转而开始研究道教，进行了道教的修行。苏轼在给好友的信中，也叙述了自己对道教修炼的理解："道术多方，难得其要，然轼观之，唯静心闭目，以渐习之，似觉有功。"说明他对修道的理解已经到达了一定的境界。

道教的达观思想，也开始在他的文字中清晰地表现出来，令他的诗词文章意境更加广阔，进入一个全新的阶段。

佛教改变了苏轼的生活方式，道教引导苏轼逍遥洒脱。但是，任何文人都无法摆脱儒家思想的影响，苏轼也没有例外。"学而优则仕"的思想仍然是苏轼内心深处的选择，只是苏轼的进取是为了"平天下"，而不是为了自己的私利。

佛家、道家、儒家，三家的思想在苏轼的大脑里碰撞。当国家对外战争失败的伤感情绪减弱，佛家的超脱、道家的释然又占了上风，苏轼定下了《念奴娇·赤壁怀古》的最终版本，就是我们今天所见的版本。

全词情绪澎湃，气魄雄伟。起笔"大江东去，浪淘尽、千古风流人物"，集风景、叙事、抒情三个方式于一句。

江水奔腾，在长江之滨，苏轼想起了上一个朝代的名士。他们的功绩会被江水冲走吗？随着时间的流逝，人们会忘记这些英雄豪杰吗？

他举周瑜的例子来说明。周瑜二十四岁成为东吴的中郎将，可以说是少年得志，历史不会忘记他。苏轼身处逆境，不想落魄，通过周瑜的事迹鼓励自己。

当我们以为进取的苏轼要抒发感慨的时候，他的笔锋一转，从上到下，开始描写赤壁的壮美景色。乱石贯穿如天空般辽阔的江面，海浪拍打岸边，卷起千层像雪一样的浪花，给人留下了深深的震撼。

气势上来之后，苏轼感慨，"江山如画，一时多少豪杰"。这句话一出，我们眼前仿佛出现了历史人物画卷。

在这首词的下阕，苏轼描绘了周瑜的身姿：有志向的青年，美女在一旁红袖添香。这样的描写，让英雄的形象更加生动。这是古代文人创作中的偏爱，他们总觉得大英雄身边应该有大美女，就像项羽身边有虞姬，周瑜身边一定有小乔一样。

我会成为历史不会忘记的人物吗？我身边有谁呢？想到这里，苏轼笑了，挥一挥笔毫，写下"多情应笑我"。这是苏轼对自己的嘲笑，而这种自嘲所反映的，是佛家大彻大悟的思想。

笑完了，该结束了。人生可以像梦中出现的仙鹤一样，不要徒然感叹了，还是给江上的明月献上一杯酒，伴月痛饮吧！于是，苏轼再蘸上一点浓墨，写下"人生如梦，一樽还酹江月"。此时，道家思想的超凡脱俗跃然纸上。

苏轼没有被各种思想所束缚，反而凭借他的才能解开了三种思想。佛教开悟的智慧和道教回归自然的洒脱相互结合，给这首作品带来了复杂的思想内涵和豁达的内核。佛教的无私精神和儒家的拥抱现实，在这首词中完美地融合在了一起，也让苏轼达到了思想上感性和理性的和谐。

正是由于这三种思想的相互作用，才让《念奴娇·赤壁怀古》拥有了值得反复探讨的文学魅力，可以传颂千年，常读常新。

念奴娇·过洞庭

张孝祥

洞庭青草,近中秋,更无一点风色。玉界琼田三万顷,着我扁舟一叶。素月分辉,银河共影,表里俱澄澈。悠然心会,妙处难与君说。

应念岭海年,孤光自照,肝胆皆冰雪。短发萧骚襟袖冷,稳泛沧浪空阔。尽挹西江,细斟北斗,万象为宾客。扣舷独啸,不知今夕何夕。

念奴娇·书东流村壁 辛弃疾

野棠花落,又匆匆过了,清明时节。划地东风欺客梦,一枕云屏寒怯。曲岸持觞,垂杨系马,此地曾经别。楼空人去,旧游飞燕能说。

闻道绮陌东头,行人曾见,帘底纤纤月。旧恨春江流不断,新恨云山千叠。料得明朝,尊前重见,镜里花难折。也应惊问:近来多少华发?

江城子·密州出猎

江城子，词调名，此调首见于五代韦庄，唐代用此调为单调，至宋改为双调。此调别名有《江神子》《村意远》。

老夫聊发少年狂。	仄平⊕仄仄平平。
左牵黄，	仄平平，
右擎苍。	仄平平。
锦帽貂裘，	仄仄⊕平，
千骑卷平冈。	⊕仄仄平平。
为报倾城随太守，	仄仄⊕平平仄仄，
亲射虎，	平仄仄，
看孙郎。	仄平平。
酒酣胸胆尚开张。	仄平⊕仄仄平平。
鬓微霜，	仄平平，
又何妨？	仄平平？
持节云中，	⊕仄⊕平，

第三章　词圣苏东坡

何日遣冯唐？	⊕仄仄平平？
会挽雕弓如满月，	⊗仄⊕平平仄仄，
西北望，	平⊗仄，
射天狼。	仄平平。

苏轼

【声律】

◎双调，七十字，上阕八句，下阕亦八句。

◎押平声韵。上阕"狂""黄""苍""冈""郎"押韵，押五平韵。下阕"张""霜""妨""唐""狼"押韵，押五平韵。

宋神宗熙宁七年（1074），春雨似乎比往年更加吝啬，北方持续干旱，一直到雨水相对集中的夏季都没有得到缓解。更残忍的是，与旱灾一起到来的，还有蝗灾。蝗虫所到之处，连草根也被噬食一空。

这一年，苏轼在杭州任通判期满。他主动要求到山东密州任职，担任该州的最高长官知州。当时的密州是个贫穷山区，经济萧条、文化落后，百姓生活困苦，政府官员的薪俸也很低，与"人间天堂"杭州不啻天壤之别。再加上旱灾与蝗灾的双重夹击，一时间流民遍地，饿殍遍野。

苏轼刚一到任，就在地头写公文，一篇接着一篇，众多公文中，有的陈述蝗灾，有的要求减税，有的则是恳请执政者修改新法条例。就这样，他在田间一直忙了三个多月，以至于衙门里约一半的人都不知道他们的知州大人长什么样。

在苏轼的努力之下，蝗灾有所减轻，但饥荒还是难以避免。有人开始遗弃孩子，城墙根下、乱草丛中，弃儿的哭声折磨着苏轼。他想尽办法，拨出米粮救助这些孩子，还通过减税鼓励百姓收养他们，这才避免了更大的惨剧。可是野外不只有弃儿，还有强盗。苏轼又忙着缉捕强盗，一边追捕，一边向朝廷建议宽政利民，陈述底层人民被逼上绝境的事实。

但那时的朝廷已不是刚开始变法的朝廷。本来大臣们只在国家政策上有分歧，有人觉得应该大刀阔斧地改革，有人认为应该循序渐进、修补过往政策，但到了后来，政见的分歧逐渐演变成派系纷争，甚至变成了公报私仇的党争。苏轼所提的那些建议，自然也就石沉大海。

苏轼比在杭州时，自然失望了很多。

让他失望的还有密州的人文环境。密州虽然不是文化荒漠，但比起之前待过的那些地方，确实是差远了。在家乡眉州，苏轼经常和父亲、弟弟一起读书学习；后来去了京城，跟欧阳修那样的文人雅士一起度过诗酒年华；在陕西当官的时候，他不仅参观了不少名胜古迹，还有幸看到了吴道子和王维的真迹；杭州的文化底蕴更不必说。可是密州呢，山穷水恶，没什么可以聊得来的朋友，也没什么值得赏玩的景观，他只能靠写信来打发孤独的时间。

除了精神层面的失意，苏轼还要面对物质生活上的艰苦。别说吃顿好的，就连吃饱都很成问题。有时候，官厨十天都不开火，做饭的锅上都落了一层灰。曾经酒宴不断，以至于酒量不行又爱喝酒的苏轼都有些害怕，把杭州称为"酒食地狱"。但如今身在密州，饭都吃不上，哪里还有酒喝？没有酒宴，也没有歌舞，为数不多的热闹场景，恐怕就是上元节了。

苏轼记得，杭州正月十五上元节，"灯火钱塘三五夜。明月如霜，照见人如画。帐底吹笙香吐麝，更无一点尘随马"。然而，密州的上元节，竟然是"击鼓吹箫，却入农桑社。火冷灯稀霜露下，昏昏雪意云垂野"的一番景象。

密州的生活虽苦，但是也有值得纪念的事情。

公元1075年，苏轼来密州的第二年，在祭祀常山山神回来的路上，他组织了一次围猎。猎场上，旌旗猎猎，战鼓雷鸣。苏轼弯弓射中猎物，回来后，他难抑激动，写下了这首《江城子·密州出猎》。

词的上阕写景叙事，用浩浩荡荡的出猎场面，铺垫了恢宏豪迈的气象；下阕抒情言志，通过密集引经据典，表达了保家卫国的政治热情。

开篇一句"老夫聊发少年狂"，落脚在一个"狂"字，如同"诗眼"一般奠定了全篇的情感基调。词人左手牵黄犬，右臂架苍鹰，出猎的派头摆了个十足；头戴华帽、身穿貂裘，浩浩荡荡的大部队以他为首领，席卷平坦的山岗；他带着全城百姓的盼望，发誓要亲自射杀老虎,重现孙权当年搏虎的英姿。

其实当时的苏轼还不到四十岁,虽然不再年轻,但绝对不算太老。只不过朝廷局势风云未定,自己纵有一身才华,也没法酣畅淋漓地施展。他担心自己往后的生命就这样一眼望到头,如果是这样,不如趁豪兴尚存,挥洒一把少年狂气。

下阕开始,由实入虚。"酒酣胸胆尚开张",词人畅饮美酒,心胸顿然开阔。两鬓微微发白,又有什么关系呢?仁人志士的目光,不应该局限于眼前。

"持节云中,何日遣冯唐?"这一句中有一个典故,说的是汉文帝时期,云中太守魏尚抗击匈奴立下战功,但因报功不实而被削职查办。后来,大臣冯唐劝服汉文帝赦免魏尚,还亲自拿着符节前往云中,让他官复原职。苏轼引用这个典故,是希望朝廷可以像赦免魏尚一样,起用自己,最好能委以边任,让自己带兵抗击西夏。

"会挽雕弓如满月,西北望,射天狼。"我将用尽力气,把雕花之弓拉得像满月一样。"天狼"指的是天狼星,是主战争的星曜,这里暗指侵犯北宋边境的辽国与西夏。词人最后为自己勾勒了一个挽弓劲射的英雄形象,希望手中的利箭直指西北方向的宿敌。

这首词一出来,盛行浅斟低唱的北宋词坛,马上看到了一条崭新的风格道路。它太不一样了,让当时的人猛然发现,原来,词不只能写闺中女子,还可以写英雄好汉;不只能写离愁别绪,还可以写雄心壮志;不只能写眼前情景,还可以怀古咏史。题材范围的扩大,主旨思想的拔高,让这首词成为豪放派的标杆之作,也让词这种文学形式的发展有了新的动力。正如宋代文学家王灼所说,苏词"指出向上一路,新天下耳目,弄笔者始知自振"。

在密州,苏轼不仅引理想入词,还开创性地把悼亡诗变成了词,写下了那首感人至深的《江城子·乙卯正月二十日夜记梦》:

十年生死两茫茫。不思量,自难忘。千里孤坟,无处话凄凉。纵使相逢应不识,尘满面,鬓如霜。

夜来幽梦忽还乡。小轩窗,正梳妆。相顾无言,惟有泪千行。料得年年肠断处,明月夜,短松冈。

这首词以做梦的时间为题,表面写梦,实际写的是回忆、深情。开头三句"十年生死两茫茫。不思量,自难忘",明确把时间拉回到公元1065年。

那一年,发妻王弗去世,葬在了家乡四川眉州,从此恩爱夫妻天人永隔。时间倏忽,转眼到了发妻十年忌辰。如今的苏轼,身在山东密州。阴阳两隔,不妨碍这对伉俪梦中重逢,但千里之距,却让词人没有地方哭诉悲情与无助。

"不思量"与"自难忘"看似是相互矛盾的心态,实际上反映了词人不由自主地思念。但是,再思念,又如何?"纵使相逢应不识,尘满面,鬓如霜。"十年间发生了多少事,曾经那个意气风发的青年人,如今已经满脸沧桑、双鬓见白。

江城子·西城杨柳弄春柔 秦观

西城杨柳弄春柔,动离忧,泪难收。犹记多情、曾为系归舟。碧野朱桥当日事,人不见,水空流。

韶华不为少年留,恨悠悠,几时休?飞絮落花时候、一登楼。便作春江都是泪,流不尽,许多愁。

江城子·湖上与张先同赋 苏轼

凤凰山上雨初晴。水风清,晚霞明。一朵芙蕖,开过尚盈盈。何处飞来双白鹭,如有意,慕娉婷。

忽闻江上弄哀筝。苦含情,遣谁听?烟敛云收,依约是湘灵。欲待曲终寻问取,人不见,数峰青。

水调歌头·明月几时有

水调歌头,词牌名。此调别名有《元会曲》《江南好》《凯歌》《花犯念奴》。根据《乐苑》记载,隋炀帝巡幸江都时制《水调》曲,声韵悲切。在唐代,《水调》成为唐人大曲,唐代大曲分为"散序""中序""入破"三部分,"歌头"就是"中序"的第一章。到了宋代,宋人在《水调》基础上发展出《新水调》,后来又在《新水调》中截取"歌头"部分,另外作成《水调歌头》。

丙辰中秋,欢饮达旦,大醉,作此篇,兼怀子由。

明月几时有?	平仄仄平仄?
把酒问青天。	仄仄仄平平。
不知天上宫阙,	仄平平仄平仄,
今夕是何年。	平仄仄平平。
我欲乘风归去,	仄仄平平平仄,
又恐琼楼玉宇,	仄仄平平仄仄,
高处不胜寒。	平仄仄平平。

起舞弄清影，	仄仄仄平仄，
何似在人间。	平仄仄平平。
转朱阁，	仄平仄，
低绮户，	平仄仄，
照无眠。	仄平平。
不应有恨，	仄平仄仄，
何事长向别时圆？	平仄平仄仄平平？
人有悲欢离合，	平仄平平平仄，
月有阴晴圆缺，	仄仄平平平仄，
此事古难全。	仄仄仄平平。
但愿人长久，	仄仄平平仄，
千里共婵娟。	平仄仄平平。

苏轼

【声律】

◎双调。九十五字，上阕九句，下阕十句。

◎上阕"天""年""寒""间"四字押韵，押平声韵，间入"去""字"二字押仄声韵；下阕"眠""圆""全""娟"四字押韵，押平声韵，间入"合""缺"二字押仄声韵。

苏轼的人生不缺少朋友，更不缺少追随者，但最让他偏爱、最让他牵挂的，是他的弟弟——苏辙。苏轼比苏辙大两岁，因为入学比较早，书读得又快又好，所以父亲苏洵就让弟弟跟着哥哥学习。封建时代长幼分明，师生之间也有着严格的等级秩序，但苏轼却从来不对弟弟摆架子，而更像一个朋友。

转眼间，二人已经成年，在父亲的带领下一同离开家乡，来到京城应考。不幸的是，正当父子名动京师、要大展身手的时候，突然传来苏母病故的噩耗。两兄弟只好随父回乡奔丧，守孝三年之后，才得以重回京城。

回京后的苏家兄弟，分别被授予了官职，但因为第二年要参加制科考试，所以他俩决定辞官不受，一门心思备考。于是，两个人一起，从家中搬了出来，到怀远驿中苦读。枯燥乏味的备考，因为彼此间的陪伴、交流和鼓舞，而变得没有那么难熬。

一天，天气格外热，忽然风雨大作、气温骤降。雨一直下到深夜，二人在各自的床上，时而读书，时而聊天。苏辙突然读到唐朝诗人韦应物的一句诗："宁知风雨夜，复此对床眠。"这不就是今夜情景的写照吗？夜雨共读，对床卧谈，这样的时光多么珍贵呀！于是，二人约定，功成名遂之后，要早日归隐，共享手足之乐。

往后余生，这个约定不仅没有被忘记，而且变得越来越清晰。只不过，一旦进入仕途，何处做官，何时退隐，就不是"二苏"自己能掌握的了。

第二年，兄弟两人成功考中进士。苏轼被授予陕西凤翔府签判的官职，苏辙则选择留在京城，侍奉老父苏洵。十一月的北方，已经十分寒冷，苏辙骑着马将哥哥送出数十里，在开封西门之外送别。这是两人第一次较长时间的分离。

临别之际，苏辙想起自己十八岁那年，与兄长一起进京的日子。那时，他们同住于渑池僧舍，一起吟诗题壁，如今兄长赴任途中又要经过故地，自己却不能陪在身边，一时间，他心中有无限感慨，于是写了一首诗，赠予哥哥。

苏轼也十分不舍，不过，人生本来就充满了变数，分分合合也是情理之中的事情，在收到赠诗之后，他立刻回赠一首："人生到处知何似，应似飞鸿踏雪泥。泥上偶然留指爪，鸿飞那复计东西。"人一生都四处奔走，这个状态像什么呢？应该像飞鸿踏在雪地上吧。偶尔在雪地上留下几个爪印，但转眼，它又远走高飞，哪还记得这痕迹留在何方？

苏轼去凤翔待了三年后回京。隔年，父亲苏洵去世。两兄弟并没有因父母的相继离去而各奔东西，相反，他们相互扶持，变得更加亲密。守孝三年之后，二人一同回京。

公元1069年，苏辙因为写信劝阻青苗法案而遭到王安石的排挤，随后就被贬出京城，任河南府留守推官。这是兄弟俩的第二次别离。

苏辙和众多反对新法的人离开，让苏轼备感孤独。他在给苏辙的信中叹息："闭门时寻梦，无人可说愁。"一年以后，无处诉苦的苏轼请求外放，这才到了杭州。

他意兴阑珊地打点行装，不再像当年去陕西凤翔那样充满期待。路上，他先到陈州和阔别一年的弟弟相聚。兄弟相见，执手相看，"无限事，从头说。相看恍如昨，许多年月"。分别一年却像是离开很久，他们一起游玩一起聊天，似乎有说不完的话。两个人，文才相当，价值观相同，荣辱与共，既非常了解彼此，又非常同情对方。苏轼一再劝慰弟弟，不必太悲观，而苏辙则提醒哥哥，务必谨言慎行。

就这样彼此陪伴了七十多天，苏轼在弟弟家里过完中秋才启程。临别前，他不由感叹："我生三度别，此别尤酸冷。"这一次，兄弟二人都是因仕途失意而外派为官，的确是格外凄凉。

在杭州待的那三年，苏轼在山光水色和新老朋友那里，得到了无数宽慰，但他仍然深深思念远方的弟弟。于是，一等到杭州任满，他就请求调任到离苏辙近一些的地方，以便时常聚会陪伴。就这样，苏轼来到了密州。

公元1076年的中秋，苏轼心潮起伏，趁酒兴正酣，挥笔写下了这一名篇《水调歌头·明月几时有》。

词的开篇是一段小序，直接说明了写词的时间和情绪状态。丙辰年的中秋节，苏轼举杯畅饮，一直到天亮；大醉之际，他写下这首词，兼用于思念胞弟。虽然嘴上说着"兼怀子由"，但是中秋时节的月下独酌，已经足以说明词人的孤独与寂寞。

团圆佳节，苏轼没有亲人的陪伴，只能把青天当作朋友，举杯追问明月的起源。一句"明月几时有？把酒问青天"，用词直白，但颇有李白"青天有月来几时,我今停杯一问之"的豪迈之气,豪迈之余,又好像在探索宇宙造物的奥妙。

紧接着,词人继续追问,"不知天上宫阙,今夕是何年"。明月已经悬在天上很久了,人间已到丙辰中秋,不知道住在月宫里的人,如何计算这时间?

"天上宫阙"在苏轼的心里也是命运的主宰,或者说,代表现实中的宫廷。苏轼离开京城已经五六年了,如今京城是什么形势?会不会有了很多自己意想不到的变化?苏轼不得而知,又难以彻底放下。

"我欲乘风归去,又恐琼楼玉宇,高处不胜寒。"他想到月宫一探究竟,但又害怕琼楼玉宇太高,自己忍受不了寒冷。对应到现实,苏轼不是不想回到京城,但回想以往在京城受到的排挤冷落,又觉得,京城虽繁华热闹,但热闹是别人的,自己仍然孤独冷清。

"起舞弄清影,何似在人间。"还不如留在人间,留在脚下这一方土地之上。词人故意找出天上的美中不足,来坚定自己留在人间的决心。一正一反,既写出了矛盾纠结,又表露出了对当下生活的热爱,颇有一番旷达意味。

当视线从天上回到人间,词人看到的是月光入户之景。"转朱阁,低绮户,照无眠。"转和低都是指月亮的移动,暗示夜已深沉。月光转过朱红的楼阁,低低地穿过雕花的门窗,照到了房中迟迟未能入睡之人。

从天上宫阙、琼楼玉宇,到朱阁绮户、不眠之人,视野变化的同时带来了情绪的转折。"酒酣胸胆尚开张"的豪情,急转直下,变成了低吟浅唱的思念。"无眠"是泛指那些因为不能和亲人团圆而感到忧伤以至于不能入睡的人——词人正是如此。

"不应有恨,何事长向别时圆?"明月总不该有什么怨恨吧!为什么它总是在人们分开的时候格外圆呢?想必,普天之下所有不能在一起的人,都会受到圆月的伤害。这句话如果是别人来说,可能是一句抱怨,但是苏轼总能安慰自己——"人有悲欢离合,月有阴晴圆缺,此事古难全"。

他把个人的思念泛化到月亮的阴晴圆缺。月亮也有被乌云遮住的时候,也有亏损残缺的时候,人又怎么能追求十全十美、万事遂意呢?这三句从人到月、从古到今做了高度的概括。语气上,好像是代明月回答前面的提问;从结构上,又推开一层,从人、月对立过渡到人、月融合。为月亮开脱,实质上还是为了强调对人事的达观,同时寄托对未来的希望。因为,月有圆时,人也有相聚之时。很有哲理意味。

"但愿人长久,千里共婵娟。""婵娟"是美好的样子,这里指嫦娥,也代指明月。"共婵娟"就是共明月的意思,典故出自南朝谢庄的《月赋》:"隔千里兮共明月。"既然人间的离别是难免的,那么只要亲人长久健在,即使远隔千里也还可以通过普照世界的明月把两地联系起来,把彼此的心沟通在一起。

行文至此,不能长相厮守、欢聚一堂的遗憾,已经消散,取而代之的,是对现在的珍惜和对未来的热望。"但愿人长久",是要突破时间的局限;"千里共婵娟",是要打通空间的阻隔。这才是一贯旷达的苏轼。他总是能在苦难中,找到一种宽慰人心的方式,把自己的诗意与智慧,熔铸成一种人所共有、世间通用的普遍情感。

之前有很多与中秋有关的词,没有一首能达到苏轼这种高度,后来虽然有很多人模仿,却也始终没人超越。整首词构思奇巧,上阕高屋建瓴、豪情万丈,从想象到语言可与李白、屈原比肩;到下阕,峰回路转、深情缱绻,最后以旷达乐观之情收尾。整首词饱含哲理,又写出了独有的特色。难怪南宋文学评论家胡仔说:"中秋词,自东坡《水调歌头》一出,余词尽废。"

水调歌头·富贵有馀乐　朱熹

富贵有馀乐,贫贱不堪忧。谁知天路幽险,倚伏互相酬。请看东门黄犬,更听华亭清唳,千古恨难收。何似鸱夷子,散发弄扁舟。

鸱夷子,成霸业,有馀谋。致身千乘卿相,归把钓渔钩。春昼五湖烟浪,秋夜一天云月,此外尽悠悠。永弃人间事,吾道付沧洲。

水调歌头·黄州快哉亭赠张偓佺　苏轼

落日绣帘卷,亭下水连空。知君为我新作,窗户湿青红。长记平山堂上,欹枕江南烟雨,杳杳没孤鸿。认得醉翁语,山色有无中。

一千顷,都镜净,倒碧峰。忽然浪起,掀舞一叶白头翁。堪笑兰台公子,未解庄生天籁,刚道有雌雄。一点浩然气,千里快哉风。

临江仙·夜归临皋

　　临江仙,原教坊曲名,后作词调名。从字数上来说,一般包括五十八字和六十字两种格体,此处所引苏轼的《临江仙·夜归临皋》为六十字格体。

　　此调别名包括《谢新恩》《雁后归》《画屏春》和《庭院深深》。关于词调所表达之意,可谓众说纷纭。南宋黄昇《花庵词选》中认为在唐代"词多缘题,所赋《临江仙》则言仙事";明代董逢元《唐词纪》说"多赋水媛江妃";任半塘在敦煌词中见到"岸阔临江底见沙",认为辞意一定和临江有关;而到五代,则有人认为词人用《临江仙》调大多由仙事转入艳情词。

夜饮东坡醒复醉,	⊗仄⊕平平仄仄,
归来仿佛三更。	⊕平⊗仄平平。
家童鼻息已雷鸣。	⊕平⊗仄仄平平。
敲门都不应,	⊕平平仄仄,
倚杖听江声。	⊗仄仄平平。

第三章 词圣苏东坡

长恨此身非我有，	⊕仄⊕平平仄仄，
何时忘却营营？	⊕平⊕仄平平？
夜阑风静縠纹平。	⊕平⊕仄仄平平。
小舟从此逝，	⊕平平仄仄，
江海寄余生。	⊕仄仄平平。

苏轼

【声律】

◎双调。六十字，上阕五句，下阕亦五句。

◎押平声韵。上阕"更""鸣""声"押韵，押三平韵；下阕"营""平""生"押韵，押三平韵。

真要了解苏轼，还得读这首《临江仙》。为什么呢？因为这首词不仅反映了他的真性情，更体现了他思想上发生的巨大转变，即由最初的积极入世，到短暂的消极低沉，最后转而追求精神上的自由。

之所以有这一系列的心态变化，是因为此时的苏东坡刚刚经历了人生最大的灾难。这个灾难是他一生颠沛流离的起点，甚至让他差点失去生命。在鬼门关走过一遭的苏轼，看明白了很多事情，开始把目光转向自然大道，希望在其中寻找到人生信仰和精神寄托。

那么，苏东坡身上到底发生了什么呢？

公元1079年,苏东坡由徐州调任湖州。上任后,他就给宋神宗写了一封《湖州谢上表》,这本是例行公事,但苏轼笔端常带感情,即使是官样文章,也忘不了加上点个人色彩。他说自己"愚不适时,难以追陪新进""老不生事或能牧养小民"。

这些话被新党利用,说他"愚弄朝廷,妄自尊大""指斥乘舆,包藏祸心",不仅藐视朝廷,而且对皇帝不忠。一时间,朝廷内一片倒苏之声。

7月28日,上任才三个月的苏轼,就被吏卒逮捕了。经过二十天长途跋涉,苏轼被押送到了京城著名的"乌台"监狱,一待就是一百三十多天。

所谓"乌台",指的是北宋当时的监察机关——御史台。因为御史台办公的地方,种着柏树,树上常有乌鸦栖息筑巢,于是得名"乌台"。

苏轼在乌台监狱的日子,十分窘迫,特别是最后判决到来之前,他甚至不知道自己能不能活着出去。

当时,长子苏迈每天去监狱给他送饭,由于父子不能见面,所以入狱前两人约好,平时只送蔬菜和肉食,如有死刑判决的坏消息,就改送鱼,以便心里早做准备。

这一日,苏迈因银钱用尽,需要出京去借,便急急忙忙将送牢饭一事委托给一位远亲代劳,急忙之中,苏迈忘记把父子俩的约定告诉对方。

结果,偏巧亲戚手头有一条熏鱼,就给苏轼送了进去。苏轼一

见饭菜,大吃一惊,以为自己凶多吉少,便在极度悲伤之中,为弟弟苏辙写下一首诀别诗:

圣主如天万物春,小臣愚暗自亡身。
百年未满先偿债,十口无归更累人。
是处青山可埋骨,他年夜雨独伤神。
与君世世为兄弟,更结来生未了因。

好在这只是一桩乌龙事件,苏轼并没有真的丢掉性命。在监狱外,不仅有许多元老重臣为他求情,就连变法领袖、已经退休的王安石也力劝神宗"圣朝不宜诛名士"。

几番周折过后,苏轼最终以诽谤朝政及官员之罪论处,连降两级,即日逐出京师,贬为黄州团练副使。

走出牢门的一瞬间,苏东坡的眼泪不可遏制地流下来。

从入狱之初的风流倜傥,到出狱时的面如枯槁,苏轼所遭受的肉体和精神摧残,外人想象不出。

公元1080年,苏轼到黄州走马上任,不仅俸禄微薄,还没有配套住所,他只能在朋友的接济下度日。

第二年,朋友马正卿向黄州官府申请了一块营地,给苏轼耕种,苏轼这才过上了稍微有保障的生活。这片耕地大概有五十亩,位于城东门外的一个小山坡上,苏轼索性给自己取了个"东坡居士"的别称。

有一天,天空很暗,开始刮寒风,冷得刺骨。不久风变弱了,下起了雪。

雪稀稀拉拉地下着,一到地上,就看不见了。没过多久,雪慢慢变大,下个不停。放眼望去,山间的树林白茫茫一片。苏轼望着这壮丽的雪景,心中有说不出的喜悦。

这喜悦,一部分是因为突然到来的大雪,另外一部分则是因为苏轼在这块土地上建造的五间农房,今天正式完工了。

房屋看起来朴素简单,但毕竟是自己的劳动成果。趁着这场美妙的大雪,苏轼尽情挥毫,为小屋题写了"雪堂"两个字。雪堂建成后,这里变成了苏轼读书待客的场所。

有一天,苏轼召集朋友在雪堂夜饮,喝醉了就睡,睡醒了接着喝,反复进行了好几轮。

下半夜,朋友们散了,他只好醉醺醺地回到家中。此时,看门的童仆早已睡着,熟睡的鼾声如雷鸣一般,任凭苏轼怎么敲门,都没有回应。

夜风吹拂,带着湿润的气息,东坡居士还没有从酒意中醒来。他颤颤巍巍地往江边走去,扶着随身携带的手杖伫立在江边。

江面的微风吹起细密的水波,他内心的苦闷好像被晚风吹散了,又好像被江水稀释了,脑海中浮起一个浪漫的遐想。

顷刻间,眼前的景、心里的念,化成了一首豁达而自由的词。这就是后来为人津津乐道的《临江仙·夜归临皋》。

词的上阕叙事，讲了词人夜观江景的起因。首句"夜饮东坡醒复醉"，开门见山地指出了夜饮的地点和醉酒的程度。醉而复醒，醒而复醉，当他回临皋寓所时，自然很晚了。"归来仿佛三更"，"仿佛"二字说明词人已经无法分辨时间，传神地勾勒出了主人公醉眼蒙眬的情态。

接着，词人返回寓所，在家门口听到"家童鼻息已雷鸣"，想要进门却发现"敲门都不应"，词人没有生气，反而颇有一番兴致地开启了夜游，这才有了下阕的"倚杖听江声"。

上阕以动衬静、以有声衬无声，通过写家童鼻息如雷和词人侧听江声，衬托出夜静人寂的环境氛围，进而为下阕的抒情做好情绪铺垫。

下阕一开始，词人便慨然长叹道："长恨此身非我有，何时忘却营营？"身在宦途，连自身命运都做不了主，什么时候才能不为功名利禄而苦苦周旋？这突然的叹息，既直抒胸臆又充满哲理意味，是全词枢纽。

"长恨此身非我有"化用了《庄子·知北游》中的一句话——"汝生非汝有也"。"何时忘却营营"则化用了《庄子·庚桑楚》中的——"全汝形，抱汝生，无使汝思虑营营"。

这两句话本来的意思是：个人的形体精神，是天地自然所赋予的，此身非人所自有，所以，为人应当安守本分、保其生机，不要因世事变化而周旋忙碌。

143

词人在政治上受挫，忧惧苦恼，于是向道家思想寻求超脱之方。所以，这两句读起来，颇富哲理，饱含着词人对命由天定的切身感受，言辞恳切、发自真心，因而有一种感人的力量。

东坡此句，不仅宽慰了自己，也宽慰了后世很多人：功名利禄固然有好处，没有的时候，也不要过度思虑；置身天地，回报天地的方式多种多样，忘却世事纷争，一样潇洒自如。

紧接着，词人的视线再回到江边，"夜阑风静縠纹平"。心与景会，神与物游，如此宁静美丽的自然景观，让词人深深沉醉。表面上看来只是一般写景的句子，其实不是纯粹写景，而是词人主观世界和客观世界相契合的产物。

词人情不自禁地产生了脱离现实的遐想，"小舟从此逝，江海寄余生"。他幻想着可以撑一叶小舟，顺流而下、远离尘嚣，在江海中度尽余生。

这样遁世，不是一种消极和逃避，而是从容地放下。世间万象，云海苍茫，却抵不过一个人心灵的辽阔。心即是江海，心即是江湖，归隐于心换取真正的清凉。

云烟散去，相忘江湖；走到最后，只有一种心境：让一只小舟带走了一生的蝇营狗苟；凭一袭蓑衣，织就了风吹雨打后的宁静……

词的开头苏轼叙述一次夜饮醉归之事和苦闷心情；中间通过"倚杖听江声"，悟出"忘却营营"哲理，心胸开始变宽；最后落在"江海寄余生"上,心胸彻底放开。

现实困住了苏轼的身体,困不住他的思想,东坡先生终于在江边,找回了本来就属于他的豁达。

延展阅读

临江仙·夜登小阁忆洛中旧游 陈与义

忆昔午桥桥上饮,坐中多是豪英。长沟流月去无声。杏花疏影里,吹笛到天明。

二十余年如一梦,此身虽在堪惊。闲登小阁看新晴。古今多少事,渔唱起三更。

临江仙·梦后楼台高锁 晏幾道

梦后楼台高锁,酒醒帘幕低垂。去年春恨却来时,落花人独立,微雨燕双飞。

记得小蘋初见,两重心字罗衣。琵琶弦上说相思,当时明月在,曾照彩云归。

第四章
南宋的婉约与豪放

声声慢·寻寻觅觅

　　声声慢，词牌名。此词牌别名有《胜胜慢》《人在楼上》。"慢"在清毛先舒的《填词名解》中被认为词牌中用慢来命名的是慢曲，"拖音袅袅，不欲辄尽"。

寻寻觅觅，	平平⊗仄，
冷冷清清，	仄仄平平，
凄凄惨惨戚戚。	平平仄仄仄仄。
乍暖还寒时候，	仄仄平平⊕仄，
最难将息。	⊗平⊕仄。
三杯两盏淡酒，	平平仄仄仄仄，
怎敌他、晚来风急。	仄仄平、仄平平仄。
雁过也，	仄仄仄，
正伤心，	仄平平，
却是旧时相识。	仄仄仄平平仄。
满地黄花堆积。	仄仄平平⊕仄。

150

第四章 南宋的婉约与豪放

憔悴损，	平仄仄，
如今有谁堪摘。	平平仄平平仄。
守着窗儿，	仄仄平平，
独自怎生得黑？	仄仄仄平仄仄？
梧桐更兼细雨，	平平仄平仄仄，
到黄昏、点点滴滴。	仄平平、仄仄仄仄。
这次第，	仄仄仄，
怎一个愁字了得！	仄仄仄平仄仄！

李清照

【声律】

◎双调。九十七字，上阕十句，下阕九句。

◎押仄声韵，上阕"觅""戚""息""急""识"押韵，押五仄韵；下阕"积""摘""黑""滴""得"押韵，押五仄韵。

北宋建中靖国元年（1101），时任吏部尚书的赵挺之家中高朋满座，热闹非常。宾客们频频举杯，向主人表示祝贺。身着喜服的赵挺之，带着一对年轻的新婚夫妻，笑呵呵地向来宾一一回礼。

原来，这一天是赵家三公子赵明诚的大喜之日。赵公子迎娶的那位姑娘，也不是一般人物，她的父亲李格非，乃大学士苏东坡的学生，时任礼部员外郎，她的母亲则是当朝宰相王珪的长女。这位出身名门的新娘子,就是素有"千古第一才女"之称的李清照!

李清照还是少女的时候,就已经显露出惊人的才气。她不仅琴棋书画样样精通,更兼写得一手好词,这些词无一不工,每一首都是"天下称之"。例如,她十六岁那年曾写过两首《如梦令》:

常记溪亭日暮,沉醉不知归路。兴尽晚回舟,误入藕花深处。争渡,争渡,惊起一滩鸥鹭。

昨夜雨疏风骤,浓睡不消残酒。试问卷帘人,却道海棠依旧。知否,知否?应是绿肥红瘦。

据说,她父亲李格非读了这首词之后,大为惊叹,特意拿给朋友们赏阅,让大家猜猜作者。友人争相传阅,都说可能是欧阳修、周邦彦等名家所作。等李格非宣布答案后,所有人都惊呆了,谁都不曾想到,一个待字闺中的少女,竟然如此才气纵横,所作之词亦是如此率真自然,令人叹服。在另一首《点绛唇》中,李清照将自己与丈夫赵明诚初见时的趣事,用极清新活泼的语言记录下来:

蹴罢秋千,起来慵整纤纤手。露浓花瘦,薄汗轻衣透。

见客入来,袜刬(chǎn)金钗溜,和羞走。倚门回首,却把青梅嗅。

一个活泼的少女,刚刚从秋千上下来,活动一下纤细的手腕,少女的香汗将薄薄的衣衫浸湿了,就如同露水打湿花朵一般。这时,少女突然看见一位陌生的少年向自己走来,赶紧含羞跑开了。慌乱中,她头上金钗掉下来,滑过袜子,落在地上。跑回屋里的少女,按捺不住一颗芳心,于是倚在门边,装作嗅青梅的样子,悄悄地回头打量着那个俊秀的少年。这也许就是李清照和赵明诚的初见。一见如故,二人就此缘定终生。

关于李、赵二人的姻缘,民间还有一段传说。据说,赵挺之为赵明诚挑选媳妇的时候,赵明诚梦到一本奇书,醒来之后,只记得其中写着"言与司合,安上已脱,芝芙草拔"。赵明诚不明白是什么意思,就对父亲讲了自己的梦。赵挺之听了,稍一沉吟,便笑着说,这其实是一个字谜,"言与司合"就是"词","安上已脱"就是"女","芝芙草拔"就只剩下"之夫"了,把这几个字连在一起就是"词女之夫"。这个梦就预示着,将来你要做词女之夫。后来,十八岁的李清照嫁给了二十一岁的赵明诚,这个梦果然应验了,遂成一代佳话。

婚后,李清照与赵明诚伉俪情深、举案齐眉,过着幸福美满的生活。李清照后来写《〈金石录〉后序》的时候,曾无比追忆那段美好的时光:"余性偶强记,每饭罢,坐归来堂,烹茶,指堆积书史,言某事在某书、某卷、第几页、第几行,以中否,角胜负,为饮茶先后。中,既举杯大笑,至茶倾覆怀中,反不得饮而起。甘心老是乡矣!"

然而,美好的时光总是短暂的,很快,赵明诚就要到外地赴任了。夫妻一别,少则数月,多则经年,才能团聚一次,这无疑让情根深种的李清照心中怅然。

这一年重阳将至之时,赵明诚因公务在身,无法回家团聚。独守空房的李清照百无聊赖,揽镜自照,发觉自己的头发有些凌乱,脸上的粉黛也有些褪色,但已无心打理。

是啊,女为悦己者容,如今那个能给自己带来喜悦和快乐的人不在身边,纵使打扮得再美,又能给谁看呢?此时的李清照,是多么思念那些"赌书消得泼茶香"的日子啊,然而,当别人在重阳佳节阖家团圆时,自己却孑然一身,怎能不愁肠百结?几杯冷酒下肚,再被秋风一吹,李清照已是酒意上涌,她干脆铺开纸笔,信手填了一阕《醉花阴》,托人带给赵明诚,以诉自己的满腹相思之苦。

薄雾浓云愁永昼,瑞脑消金兽。佳节又重阳,玉枕纱橱,半夜凉初透。

东篱把酒黄昏后,有暗香盈袖。莫道不销魂,帘卷西风,人比黄花瘦。

满腹相思化入词中,皆是说不尽的愁苦。一句"莫道不销魂,帘卷西风,人比黄花瘦",更是传神地写出了李清照对丈夫的浓浓思念,和独守闺房的深深孤寂。

收到这首词后,赵明诚心中充满了对妻子的愧疚。不过,看着妻子这首妙词,赵明诚不禁起了争胜之心,他不想总被别人介绍说"这是李清照的丈夫",他要为自己正名。于是,赵明诚闭门谢客,不眠不休,整整填了五十首《醉花阴》。刚好此时有朋友来访,于是赵明诚就把李清照的原作夹在自己的五十首词里,一起拿给朋友看。

朋友细细赏读一番,然后叹道:"字字珠玑,果然高才,更有三句乃是千古绝唱。"赵明诚心中窃喜,忙问是哪三句。朋友答曰:"莫道不销魂,帘卷西风,人比黄花瘦。"赵明诚不由苦笑:看来自己这"词女之夫"的头衔,这辈子是去不掉啦。后来他在回信中给李清照讲了这件趣事,李清照也不由大笑,愁苦之情多少消退了几分。

好景不长,又过了几年,随着金兵南侵,长江以北处处都是战火和兵乱。而此时的李清照和赵明诚,也被乱局裹挟其中,身不由己。南宋建炎三年(1129),四十六岁的李清照守在池阳家中,等着赵明诚在湖州安定下来,再赶去和丈夫会合。不料,赵明诚刚到建康就突发重病,等李清照闻讯赶去时,丈夫已撒手人寰。

那是一个凉风透骨的秋日,李清照茕茕孑立,怅然不知何往。山河破碎、身世浮沉、丈夫离世,一连串打击接踵而至,让李清照在短短数年时间里,先后尝尽了亡国之恨、丧夫之哀、孀居之苦。此时的李清照,真正沦为了孤家寡人,世间所有的痛苦,一时间全都凝集在她心头,无法排遣。黯然神伤的李清照,只能将心中所有的凄凉、所有的悲苦,都写进这首极尽哀婉的《声声慢》。

词的开头,是一连七组双声叠韵。叠字的堆放,和谐而有特色,读起来朗朗上口,听上去如泣如诉。词人愁苦终日,提笔却从"寻寻觅觅"开始写起,可知其百无聊赖、怅然若失。到底在寻觅什么？她自己也不清楚。寻到没有？外人就更不得而知了。只见四下"冷冷清清"，对这番寻觅毫无回应。眼前的可怜人，不仅得不到一丝解脱，反而被孤冷凄清的环境裹挟，任凭"凄凄惨惨戚戚"的情绪潜滋暗长……秋天的气温渐渐降低，只有朝阳初升的早上，才能让人感受到一丝暖意。但昨夜的秋风太过强劲，阳光还没有把清晨暖透，寒意就再次袭来。词人的心情本就不好，这乍暖还寒的天气让她彻底失眠了，躺在床上辗转反侧，她想了很多，一时不知该如何是好。

"三杯两盏淡酒，怎敌他、晚来风急。"古人常在清晨卯时饮酒，俗称"扶头卯酒"。酒可以暖身，但无法消愁；一杯晨酒下肚，心中的寂寞没有化解，反倒让寒风趁虚而入。南渡之后的李清照，生活质量大不如前，精神状态也垮掉了。曾几何时，"昨夜雨疏风骤，浓睡不消残酒"，到如今，只能"三杯两盏淡酒，怎敌他、晚来风急"。

紧接着，词人的视线飞到了窗外——"雁过也，正伤心，却是旧时相识"。这里的大雁，有两层含义：其一，秋日里，北雁南归，大雁作为南渡之人的故乡来客，难免勾起思乡之情；其二，鸿雁传书，大雁往往带着远方的思念与牵挂，如今雁过也，未停留，曾经"雁字回时，月满西楼"的期待，全都化成了泡影……

词人看着满地黄花，想起了自己飘零的身世，不由暗自神伤。"满地黄花堆积。憔悴损，如今有谁堪摘。"秋意浓，菊花开满了园子，自己因为忧伤而憔悴，竟连摘花、赏花都懒得动弹。孤独地守在窗前，她一个人，怎么才能熬到天黑呀！屋外又下起了细雨，点点滴滴、淅淅沥沥，被冷雨打过的梧桐叶缓缓飘落，来到词人跟前。

"梧桐更兼细雨，到黄昏、点点滴滴。"这一句融合了秦观的"无一语，对芳樽，安排肠断到黄昏"，以及温庭筠的"梧桐树，三更雨，不道离情正苦"，不仅意境融合为一，而且笔更直、情更切。

孤雁、残菊、梧桐、细雨……眼前的一切景象，将词人的哀怨之情催发到无以复加的地步。于是，她干脆直截了当地写道："这次第，怎一个愁字了得！"古往今来，写愁的句子，常把愁比作江河、比作大海，李清照却另辟蹊径，把复杂思绪封锁在一个"愁"字之中，又在这一个字上突然停止。最直白不过却也最贴切不过，以此作为全词的结尾，更显余味无穷……

此后数年，李清照四处逃难，经历了无数磨难，丈夫留给她的金石古玩和珍贵书画，或被明抢，或被暗盗，丢失了大半。她把自己所有的惆怅和悲苦、思念和离情，都写进了那首《添字丑奴儿》：

窗前谁种芭蕉树，阴满中庭。阴满中庭。叶叶心心，舒卷有余情。
伤心枕上三更雨，点滴霖霪。点滴霖霪。愁损北人，不惯起来听。

绍兴二十六年（1156），半生孤苦、半生飘零的李清照，怀着对丈夫、亲人的绵绵思念，和对故土难归的无限感伤悄然辞世。一代佳人就此香消玉殒。《幽梦影》有云："所谓美人者，以花为貌，以鸟为声，以月为神，以柳为态，以玉为骨，以冰雪为肤，以秋水为姿，以诗词为心，吾无间然矣。"这也许就是对李清照最好的写照吧！

声声慢·咏桂花 吴文英

蓝云笼晓,玉树悬秋,交加金钏霞枝。人起昭阳,禁寒粉粟生肌。浓香最无著处,渐冷香、风露成霏。绣茵展,怕空阶惊坠,化作萤飞。

三十六宫愁重,问谁持金锸,和月都移。掣锁西厢,清尊素手重携。秋来鬓华多少,任乌纱、醉压花低。正摇落,叹淹留、客又未归。

声声慢·开元盛日　辛弃疾

开元盛日，天上栽花，月殿桂影重重。十里芬芳，一枝金粟玲珑。管弦凝碧池上，记当时风月愁侬。翠华远，但江南草木，烟锁深宫。

只为天姿冷淡，被西风酝酿，彻骨香浓。枉学丹蕉，叶底偷染妖红。道人取次装束，是自家香底家风。又怕是，为凄凉长在醉中。

满江红·写怀

满江红,词牌名。此调格体不一,从数字上说,有八十九字、九十一字、九十三字和九十七字多种;从用韵而言,有押平声韵的格体,有押仄声韵的格体。明代杨慎在《词品》中说:"唐人小说《冥音录》载曲名有《上江虹》,即《满江红》。"这样看来,唐代可能已经有了《满江红》的曲调,但是没有词作。北宋柳永之后,用此调填词的人才渐渐多了起来。

怒发冲冠,	仄仄平平,
凭栏处、潇潇雨歇。	中中仄、中平中仄。
抬望眼、仰天长啸,	中中仄、中平中仄,
壮怀激烈。	仄平中仄。
三十功名尘与土,	中仄中平平仄仄,
八千里路云和月。	仄平中仄平平仄。
莫等闲、白了少年头,	仄中平、中仄仄平平,
空悲切。	平中仄。

第四章 南宋的婉约与豪放

靖康耻，	仄平仄，
犹未雪。	平仄仄。
臣子恨，	平仄仄，
何时灭？	平平仄？
驾长车、踏破贺兰山缺。	仄平平、仄仄仄平平仄。
壮志饥餐胡虏肉，	仄仄平平平仄仄，
笑谈渴饮匈奴血。	仄平仄仄平平仄。
待从头、收拾旧山河，	仄平平、平仄仄平平，
朝天阙。	平平仄。

岳飞

【声律】

◎双调。九十三字，上阕八句，下阕九句。

◎押仄声韵。上阕"歇""烈""月""切"押韵，押四仄韵；下阕"雪""灭""缺""血""阙"押韵，押五仄韵。

北宋崇宁二年（1103），一个男婴降生在相州（今河南安阳）汤阴县的一户农家。

据说，这个婴儿呱呱坠地之时，有大鹏鸟飞临，鸣于室上。这个好兆头让孩子的父亲欣喜不已，他觉得这个孩子将来一定会"大鹏一日同风起，扶摇直上九万里"，故为其取名为飞，字鹏举。

这个名叫岳飞的孩子，没有辜负父亲的期望，日后，他将名列"中兴四将"，成为南宋王朝的一根"擎天柱"！

自少年时起，岳飞就"沉稳而有大志"，他平日里喜欢研究军事，最常读的就是《左氏春秋》《孙子兵法》之类的书。

为了学习骑射和刀枪之技，他还拜在陕西大侠周侗门下，刻苦学习上阵杀敌的本事。岳飞原本就天生神力，"挽弓三百斤，弩八石，能左右射"，后来习得一身好武艺，"一县无敌"。

北宋宣和四年（1122），朝廷在真定府招募士兵。岳飞应募入伍，因其勇武过人，深受上司赏识，很快就被任命为敢战士队长。自此，二十岁的岳飞开始了自己漫长的军旅生涯。

宣和七年（1125），曾与北宋对峙上百年的强邻辽国，被崛起于白山黑水苦寒之地的金国所灭。随即，金国挟灭辽之威，大举南侵，攻打北宋。

只懂吟风弄月的宋徽宗，哪里应付得了这种阵势？迫于朝堂内外的巨大压力，他匆匆禅位于长子赵桓，即宋钦宗，并改元靖康。

很快，金国大军兵分两路，渡过黄河，将北宋的都城汴京团团包围起来。

宋钦宗万般无奈，只得向金国求和，不仅献出大批金银财宝，还将太原、河间、中山三个重镇割让给金国。

同年八月，金国悍然撕毁和约，再次起兵攻宋。

第四章　南宋的婉约与豪放

次年，势如破竹的金兵攻克汴京城，将徽、钦二帝，以及大量赵氏皇族、后宫妃嫔及大臣等三千余人，一并虏至金国，史称"靖康之变"。

靖康之变导致北宋政权覆灭，赵氏皇族几乎被金国一网打尽，只有宋徽宗的第九子——赵构，因为当时不在汴京城，才得以幸免。

随后，赵构在应天府（今河南商丘）即位，建立了南宋政权，并改元建炎，是为宋高宗。

建炎元年（1127）十二月，金兵继续大举南侵，宋高宗赵构如惊弓之鸟，一路逃过长江，并迁都至临安。

时任开封尹的宗泽，任命岳飞为踏白使，派他前往孟州阻击金兵。岳飞领命后，只身率领五百骑兵，在汜水关一带大败金军，得胜凯旋。

宗泽大为赞赏岳飞的英勇，当即任命他为统领，不久，又将岳飞的官职升为统制，相当于现在的军分区司令。

建炎三年（1129），金国派名将完颜宗弼率大军南下，想要直捣临安，擒住宋高宗，一举灭掉南宋政权。

这个完颜宗弼，就是民间故事里常说的金兀术。在他的指挥下，金兵几乎没遇到什么像样的抵抗，就轻松地占领了建康。

随后，金兀术率五千轻骑兵，衔尾追击狼狈逃窜的宋高宗赵构，一直把赵构赶到了茫茫大海才罢休。

但就在金兀术班师北撤时，身在宜兴的岳飞闻讯赶来，在常州截击了他。这两个人的第一次交手，以岳飞四战皆胜而告终。

宋高宗闻知此事，大喜过望，下诏命岳飞配合另一位抗金名将韩世忠，共同与金国军队作战。

建炎四年（1130）春夏之交，岳飞亲率三百名骑兵和两千名步兵，向金国军队发起进攻，仅用了半个月的时间，就收复了建康，取得了南宋对金的第一场大捷。

绍兴四年（1134）春，岳飞向朝廷上疏，提出收复襄阳六郡的主张，他在奏疏中指出："恢复中原，此为基本。"奏议被宋高宗批准后，岳飞就率领岳家军挺进襄阳。

在渡江北上时，岳飞满怀豪情地对麾下众将说："飞不擒贼帅，复旧境，不涉此江！"

仅仅两个月后，岳飞就收复了襄阳六郡，取得了局部反攻的一次重大胜利。

岳飞本人也因此获大功，被朝廷加封为清远军节度使兼荆湖北路荆、襄、潭州制置使，成为有宋一代最年轻的建节者。

宋高宗还特意赐给岳飞一面写着"精忠岳飞"的锦旗，充分肯定了岳飞的平定之功。

就在岳飞立下一个又一个不世之功的时候，妻子却向他袒露了自己的忧虑："从白起到蒙恬，从韩信到檀道济，古往今来，多少赫赫有名的将军，都因'飞鸟尽，良弓藏'的帝王心术而不得善终。夫君如今已是功高震主、封无可封，可曾想过今后当如何自处?"

听了妻子的担忧,岳飞一时间陷入了沉默,但很快,他就洒脱地笑了,然后对妻子说:"可若都是这等巧于规避,国家事谁去匡扶?"

是啊,真正的英雄,不是看不透世事,而是看透了之后,依旧愿意为了国家和人民挺身而出。

绍兴十年(1140),金国皇帝金熙宗拜金兀术为元帅,命他亲统十万大军,取道开封向两淮进军,打算彻底吞掉南宋治下的花花世界。

金国大军来势汹汹,兵锋所指,城池俱化焦土。只用了半个月时间,他们就打到了安徽阜阳一带,距南宋都城临安,只有八百里之遥;轻骑兵只需五日,便可兵临城下。

所幸,南宋还有岳飞这根"擎天柱"可倚仗。

临危受命的岳飞,立即派手下大将张宪驰援阜阳,并亲率岳家军主力北伐中原,接连收复了蔡州、许昌、陈州、郑州、洛阳、宿州和亳州等地。

岳家军所到之处,民众纷纷响应,在不到两个月的时间里,就对金兀术盘踞的开封形成了六面包围之势。

金兀术迫于无奈,只得整理残部,在郾城与岳家军进行决战。

就在这一战里,金兀术被杀得片甲无存,就连手下最精锐的拐子马、铁浮屠也全军覆没。此战过后,金兀术不由发出这样的哀叹:"撼山易,撼岳家军难啊!"

岳飞工于诗词，但是留传于世的作品极少。这首《满江红》，字字击玉敲金，句句掷地有声，写尽了豪迈不羁的英雄气概和至死不渝的爱国主义情怀，因而成为宋词中的绝唱。

开篇第一句"怒发冲冠，凭栏处、潇潇雨歇"，起笔极豪迈，写的是词人亲临战场，对国家至死不渝、与敌人不共戴天的心理感受；落笔却极平静，写的是战争过后，词人凭栏远望、恰逢秋雨骤停的创作氛围。从"怒发冲冠"到"潇潇雨歇"，情绪气势先是喷薄向上，而后静水流深，冲动鲁莽的武将气质也变成了出生入死的英雄豪情。

"抬望眼、仰天长啸，壮怀激烈。"词的情绪，沿着词人的视线从低处再次飙升。词人淤积在心中的愤怒与热血再也压抑不住，只能通过仰天长啸的方式抒发出来。

"三十功名尘与土，八千里路云和月。"早已过了而立之年的岳飞，回顾往事、整理思绪，纵使自己披星戴月、南征北战，奈何功名还是如同尘土一样，微不足道。

"莫等闲、白了少年头，空悲切。"面对国恨家仇，我辈儿郎自当奋发图强、励精图治，岂能让眼前这大好时光白白流走，到头来一事无成？

"靖康耻，犹未雪。臣子恨，何时灭？"靖康之变的耻辱，至今仍然没有被洗清。作为国家臣子的愤恨，何时才能消除？这四个短句在结构上起到承前启后的作用，在思想上则进一步升华了全词的主题。此刻，岳飞已经将个人的功名与国家的前途紧紧联系在一起。拳拳爱国之心,瞬时喷涌而出。

"驾长车、踏破贺兰山缺。"眼下的局势一片大好,只要三军用命,就可向贺兰山进攻,长驱直入、直捣黄龙,直到光复中原故土。

"壮志饥餐胡虏肉,笑谈渴饮匈奴血。"此二句以夸张的手法表达了对凶残敌人的愤恨之情,承接前文,用大无畏的乐观主义精神,把岳飞一心收复山河的宏愿和艰难困苦的征战岁月展现出来,更显磅礴壮志。

"待从头、收拾旧山河,朝天阙。"等我收复旧日山河,再带着捷报,向国家报告胜利的消息吧!岳飞一生所追求的,根本不是他个人的功名利禄,而是灭金贼、报君仇、收失地、定中原!以此收尾,既表达得胜的信心,也展现了对朝廷和皇帝的忠诚。

然而,正在朱仙镇整顿军队,准备一鼓作气收复中原的岳飞万万没想到,捅自己一刀的,不是面前的金兀术,而是背后的"自己人"。

自古未有权臣在内,而大将能立功于外者。岳飞领兵在外,接连打胜仗,朝廷里却有人在暗中使坏,一心想将他置于死地,此人就是宰相——秦桧。

与岳飞的忠义耿直不同,秦桧是一个对权力有企图且善于算计的奸相。实力强大的岳家军,不仅让敌人闻风丧胆,也让宋高宗心生顾虑:如果他直捣黄龙,迎回徽、钦二帝,那么自己的皇位恐不保;再者,岳飞领兵在外,万一抗金成功,得到百姓拥戴,那岂不是要再次上演老祖宗"黄袍加身"的故事?

秦桧猜准了宋高宗的心思,于是不断在他耳边吹风,主张立即停战、召回前线将领,与金朝求和。

最终,赵构还是被秦桧说服,在一日之内连下十二道金牌,要求岳飞停止一切军事行动,即刻班师回朝。

接到诏令后,岳飞心中充满愤懑和不甘,沦陷的故土就在眼前,被掳的二帝近在咫尺,而自己却寸步难行,无计可施,只能仰天长叹:"十年之功,毁于一旦!"

撤兵前夜,月色朦胧,不断鸣叫的秋虫,让心情本就苦闷的岳飞更加烦躁,于是他披衣而起,走到营帐外面,抚弄起手中的七弦古琴。

那一刻,他想到了自己的恩师,临终前三呼"过河"而死的老将军宗泽;想到了自己的五个儿子,岳云、岳雷、岳霖、岳震、岳霆;也想到了忠心耿耿追随自己的部将,张宪、牛皋、施全等人……

这时,琴弦突然断了,声如裂帛,将岳飞的思绪拉回现实。他摇摇头,自嘲地笑了一下,然后紧了紧身上披着的衣服,快步走回营帐,提笔写下了一首《小重山》,表达了他满腔的愤懑与孤独:

昨夜寒蛩不住鸣。惊回千里梦,已三更。起来独自绕阶行。人悄悄,帘外月胧明。

白首为功名。旧山松竹老,阻归程。欲将心事付瑶琴。知音少,弦断有谁听。

一年后,岳飞与长子岳云、部将张宪,被秦桧以"莫须有"的罪名,冤杀在风波亭。据说,他们死的那天晚上,冬雷阵阵……

满江红·暮春 辛弃疾

家住江南,又过了清明寒食。花径里一番风雨,一番狼藉。红粉暗随流水去,园林渐觉清阴密。算年年落尽刺桐花,寒无力。

庭院静,空相忆。无说处,闲愁极。怕流莺乳燕,得知消息。尺素始今何处也?彩云依旧无踪迹。谩教人羞去上层楼,平芜碧。

满江红·江汉西来 苏轼

江汉西来,高楼下、葡萄深碧。犹自带、岷峨雪浪,锦江春色。君是南山遗爱守,我为剑外思归客。对此间、风物岂无情,殷勤说。

《江表传》,君休读;狂处士,真堪惜。空洲对鹦鹉,苇花萧瑟。不独笑书生争底事,曹公黄祖俱飘忽。愿使君、还赋谪仙诗,追黄鹤。

钗头凤

钗头凤，词牌名，原名《撷芳词》。此调别名包括《折红英》《清商怨》《惜分钗》《钗头凤》《玉珑璁》。清沈雄《古今词话》中有相关记载，说北宋徽宗"政和间，京师妓之姥曾嫁伶官，常入内教舞，传禁中《撷芳词》以教其妓"。"撷芳"二字是来自于当时宫中的"撷芳园"，所以也就把这首由宫苑中产生并传唱开的曲调称为《撷芳词》。

红酥手，	平平仄，
黄縢酒，	平平仄，
满城春色宫墙柳。	仄平平仄平平仄。
东风恶，	平平仄，
欢情薄。	平平仄。
一怀愁绪，	⊘平平仄，
几年离索。	仄平平仄。
错，错，错！	仄，仄，仄！

春如旧，	平平仄，
人空瘦，	平平仄，
泪痕红浥鲛绡透。	仄平平仄平平仄。
桃花落，	平平仄，
闲池阁。	仄平仄。
山盟虽在，	⃝仄平平仄，
锦书难托。	仄平平仄。
莫，莫，莫！	仄，仄，仄！

《钗头凤·红酥手》陆游

【声律】

◎双调。六十字，上阕八句，下阕亦八句。

◎押仄韵。上阕"手""酒""柳""恶""薄""索""错"和最后两个"错"字押韵，押七仄韵二叠韵；下阕"旧""瘦""透""落""阁""托""莫"和最后两个"莫"字押韵，押七仄韵二叠韵。

世情薄，	平平仄，
人情恶，	平平仄，
雨送黄昏花易落。	仄平平仄平平仄。
晓风干，	平平仄，

泪痕残。　　　　　　　　　平平仄。
欲笺心事，　　　　　　　（仄）平平仄，
独语斜阑。　　　　　　　仄平平仄。
难，难，难！　　　　　　仄，仄，仄！

人成各，　　　　　　　　平平仄，
今非昨，　　　　　　　　平平仄，
病魂常似秋千索。　　　　仄平平仄平平仄。
角声寒，　　　　　　　　平平仄，
夜阑珊。　　　　　　　　仄平平。
怕人寻问，　　　　　　（仄）平平仄，
咽泪装欢。　　　　　　　仄平平仄。
瞒，瞒，瞒！　　　　　　仄，仄，仄！

《钗头凤·世情薄》唐婉

【声律】

◎双调。六十字，上阕八句，下阕亦八句。

◎押仄韵。上阕"薄""恶""落""干""残""阑""难"和最后两个"难"字押韵，押七仄韵二叠韵；下阕"各""昨""索""寒""珊""欢""瞒"和最后两个"瞒"字押韵，押七仄韵二叠韵。

绍兴十四年（1144）的春天来得格外早，草长莺飞，杨柳吐翠，天地之间一派欣欣向荣的气象。就在这一年，二十岁的陆游，迎娶了十六岁的表妹唐婉。"郎骑竹马来，绕床弄青梅。同居长干里，两小无嫌猜。"陆游与唐婉就是这样一对艳羡旁人的青梅竹马。

陆游出身书香门第，才情之高自不待言，而唐婉自幼亦是熟读诗书，琴棋书画，样样精通。闲暇之时，这对小夫妻就腻在一起吟诗作画、谈天说地，每到高兴处，两个人笑成一团，婚后的生活简直比蜜还甜、比酒还美。

"被酒莫惊春睡重，赌书消得泼茶香。"那个要和自己共度此生的人，不仅能读懂自己的诗文，更能读懂自己的心意，这世间的爱情，还有比这更美好的吗？

幸福的时光总是短暂的，老套的婆媳矛盾总能拆散自以为坚固的爱情。陆游的母亲一心想让儿子考取功名，好光耀门楣。然而陆游成婚之后，整天带着唐婉游山玩水，不是看一些闲书，就是写一些杂诗，心思丝毫没有放在读书中举上。婚后两年，陆游都未曾赴京参加科考，这无疑让陆母大为光火。

在陆母看来，唐婉就是一个不识大体的女人，成天只知道和自己的儿子风花雪月、诗酒缠绵，把陆游的大好前程给耽误了。换句话说，唐婉就是陆家荣华富贵路上的最大绊脚石！

有一次，陆母到庙里给陆游算命，想看看儿子啥时候才能考中进士。结果庙里的尼姑煞有介事地说，唐婉的八字与陆游不合。在陆母的追问下，尼姑干脆直言，说唐婉天生就是个克夫命。

这一下陆母简直要气炸了："唐婉嫁进门之后，我儿子陆游就一直不顺，原来都是这个克夫命害的啊！"

陆母回家后，立刻派人把陆游叫来，逼他休掉唐婉。那是一个孝道大过天的时代，面对以死相逼的母亲，陆游终究还是以"无出"的理由休掉了唐婉，一对恩爱伴侣就此劳燕分飞。

在他们的"离婚协议书"上，写着这样一句话："一别两宽，各生欢喜。"可是，对于陆游和唐婉来说，要结束这样一段刻骨铭心的爱情，真的能"各生欢喜"吗？

陆游与唐婉离婚后，按照母亲的安排，娶了王氏姑娘，而唐婉也再嫁于皇室宗亲赵士程。

唐婉改嫁那天，秋意已深，梧桐凋零满院。陆游把自己锁在屋里，任凭泪痕红浥，透了鲛绡。他不知道该怎样做，才能不去想已经嫁作他人妇的唐婉，才能挨过自己人生中最漫长的这个夜晚。

五年后，陆游当上了宁德县的主簿。清明时节，他从福建回绍兴省亲，顺便到沈园闲逛散心。不料，迎头碰见了唐婉，还有她的现任丈夫赵士程。

猝不及防之下，陆游只觉酸甜苦辣涌上心头，万语千言如鲠在喉，但最终什么也说不出口，只有泪水模糊了双眼。

陆游不知道唐婉是什么时候走的，也不记得自己和她说了些什么。等他清醒过来时，眼前只剩下一个垂手侍立的随从，手里还捧着几个食盒、一坛黄酒："陆相公，这是我家主母特意吩咐，让我给您送来的酒菜。"

这酒菜一看就是出自唐婉之手,还是当年那熟悉的味道。只不过,此时已是物是人非,此情也只能成追忆了。陆游心中五味杂陈,仰起头一口饮尽那坛黄酒。借着醺醺酒意,他提起笔来,在沈园的墙壁上写下这首《钗头凤·红酥手》。

这首词,上阕追叙今昔相聚之异,下阕直言别后相思之苦。

起笔三小句,以鲜明的色彩开篇,却暗含词人不堪回首的婚变往事。"红酥手"以手喻人,明写唐婉的靓丽容颜,表达的却是词人的爱惜之心;"黄縢酒"以酒喻事,表面写官酿的黄封酒,暗示的却是爱妻捧酒相劝的殷勤之态。一番情景描写,让词人的思绪飞回到多年之前,曾几何时,恩爱夫妻携手游园,可如今,春色依旧,人事皆非。

关于"宫墙柳",有人说这一句写的是实景,南宋朝廷以绍兴为陪都,故沈园附近可见宫墙垂柳;也有人说,"宫墙"暗指有皇室血统的赵士程,他的存在就像一道宫墙,隔断了自己与爱妻再续前缘的可能。满园春色,都在墙的那一边,自己只能独守回忆,在墙头黯然神伤。

"东风恶,欢情薄。一怀愁绪,几年离索。"温情脉脉的春景再也掩饰不了爱情的萧索。东风,本来可使大地复苏、万物新生,在这里却冷酷薄情、辣手摧花。这不正是拆散美好姻缘的人所做的事吗?"错,错,错!"一字三叠,血泪倾诉,到底是谁的错呢?是自己吗?是唐婉吗?是母亲吗?这里没有明说,只有呼天唤地、

177

悲愤不已。

春景依旧，有情之人却日渐消瘦。泪水洗尽脸上的胭脂，又把薄绸的手帕全都湿透。桃花飘落，池水微漾，山盟海誓，言犹在耳，而我们却成了最熟悉的陌生人，就连写一封书信，也成了莫大的奢望。

"山盟虽在，锦书难托。"词人情如山石、痴心不改，但赤诚之心无处书写。刹那间，有爱、有恨、有痛、有怨，再加上看到唐氏的憔悴容颜和悲戚神态所产生的怜惜，真是百感交集、万箭穿心。

"莫，莫，莫！"事已至此，再也无可补救、无法挽回，这万千感慨还想它做什么，说它做什么呢？不如快刀斩乱麻——罢了，罢了，罢了！明明言犹未尽，意犹未了，情犹未终，却偏偏要在此不了了之，留下词人空悲切，也留给读者无限回味。

很快，陆游写在沈园的这阕《钗头凤》就传得满城风雨，唐婉听闻此事，一时情伤难抑，于是便在陆游那首词的旁边，题和了一首《钗头凤·世情薄》。大概意思如下：

我原本以为，自己早已将所有的心事和委屈都放下了，但原来，你始终是我心中无法愈合的伤口。世态炎凉，人心凉薄，我们的爱情原本是那样纯真美满，到头来，却如同枝上的桃花一样，终究难逃被雨打风吹去的结局。

哪里是东风恶？恶的是人情。哪里是人情薄？薄情的是世俗。"雨送黄昏花易落"原本是陆游咏梅的句子，唐婉却拿来暗示自己的悲惨处境，难道所有人都能像梅花一样扛住风雨吗？深情，或许是人最大的软肋，情丝一断，人也难免如花一样凋零。

五年时光虽然漫长，但仍然无法磨去我们在一起时的点点滴滴，一听到你的名字，我的眼泪还是止不住地落下。我不止一次，想把自己的思念都写在花笺上寄给你，但提起笔来，又什么都写不出来，只能悲伤地独倚栏杆。陆郎啊陆郎，这样的日子，实在太难、太难、太难了！

物是人非，咫尺天涯，整日为情所困的我，最终还是为情而病。每一个因思念而无眠的夜晚，都让我遍体生寒。但我又不愿被别人看出端倪，只得咽泪吞声，强颜欢笑。我的满腹心事，只能瞒着家人，瞒着自己，也瞒着你。但我不知道，自己还能瞒多久呢？陆郎啊陆郎，我不悔梦归处，只恨太匆匆！

唐婉死后，沈园就成了陆游心中永远的痛。而且，随着时间的推移，这份相思和悔恨便愈加浓烈，蚀骨铭心。

此后四十年，陆游先是北上抗金，后来又转入川蜀任职，但几十年的红尘风雨，依然无法排遣他心中的眷恋。六十三岁那年，陆游"偶复来菊缝枕囊，凄然有感"，写下两首极尽哀怨的诗：

采得黄花作枕囊，曲屏深幌闷幽香。
唤回四十三年梦，灯暗无人说断肠！

少日曾题菊枕诗，蠹编残稿锁蛛丝。

人间万事消磨尽,只有清香似旧时!

人们都说,思念一个人久了,总会有重逢的时候。可是唐婉啊,四十多年过去了,你为什么还不来我的梦中看我呢?当年你送我的香囊,早已风干化尘,但那幽清的香气依然萦绕在我身侧,就好像你从未离开过我一样。

又过了十二年,已是七十五岁的陆游自觉时日无多,于是向朝廷提出致仕请求,并在沈园附近买了一处宅院,打算陪在唐婉身边,终老此生。看着眼前熟悉而又陌生的沈园,陆游老泪纵横,提笔写下《沈园》二首:

城上斜阳画角哀,沈园非复旧池台,
伤心桥下春波绿,曾是惊鸿照影来。

梦断香消四十年,沈园柳老不吹绵。
此身行作稽山土,犹吊遗踪一泫然。

如今的沈园既无蝉声,也无画角,只剩下一个默然凝望残垣枯柳的垂暮老人。唐婉吾爱,距你香消玉殒,已有四十余年,这漫长的岁月,足以将世间的一切都消磨一空,但唯独消磨不掉的就是回忆。不然的话,为什么这世间无一是你,又无一不是你呢?

八十一岁的陆游，身体越来越差了，已经很久没有去沈园洒扫了。大概是日有所思，夜有所梦吧，有一天晚上，他梦见自己化为少年，又回到了沈园，但怎么也找不到唐婉。

陆游醒来后，发现枕头已经被泪水打湿了，于是便写下《十二月二日夜梦游沈氏园亭》：

城南小陌又逢春，只见梅花不见人。
玉骨久沉泉下土，墨痕犹锁壁间尘。

今年，江南的春天来得格外早，就像我们结婚那年。你最喜欢的梅花开了，可是我怎么找不到你了呢？哦，我想起来了，你早已变成一抔泉下土，就连当年我在沈园墙上写的那首《钗头凤》，也被厚厚的尘土遮住了……

延展阅读

钗头凤·寒食饮绿亭　史达祖

春愁远。春梦乱。凤钗一股轻尘满。江烟白。江波碧。柳户清明,燕帘寒食。忆忆忆。

莺声晓,箫声短。落花不许春拘管。新相识。休相失。翠陌吹衣,画楼横笛。得得得。

钗头凤·临丹壑 秦观

临丹壑。凭高阁。闲吹玉笛招黄鹤。空江暮。重回顾。一洲烟草,满川云树。住住住。

江风作。波涛恶。汀兰寂寞岸花落。长亭路。尘如雾。青山虽好,朱颜难驻。去去去。

永遇乐·京口北固亭怀古

永遇乐,词牌名。晁补之被贬后隐居东皋,因牵挂苏轼和其他同门,便用《永遇乐》作词,故此调也名《消息》。据说,唐代有一位才子,人称杜郎,他邻居老伯家有一位天生一副好嗓子的姑娘名叫酥香。酥香最爱唱的,就是杜郎填的词。就这样,杜郎和酥香因词结缘,又因词生情。后来杜郎甚至翻过墙头与酥香相拥相许,花前月下自不必说。但不久之后,二人私情被撞破,被一纸诉状告到官府。杜郎也因此被贬河朔一带。临行前,杜郎作了一首《永遇乐》与酥香诀别,酥香看到此词后歌咏多遍,最后悲痛而死。

千古江山,	⊕仄平平,
英雄无觅,	⊕平⊕仄,
孙仲谋处。	⊕仄平仄。
舞榭歌台,	⊛仄平平,
风流总被,	⊕平⊛仄,
雨打风吹去。	⊛仄平平仄。
斜阳草树,	⊕平仄仄,

寻常巷陌，　　　　　　　⊕平仄仄，
人道寄奴曾住。　　　　　⊕仄⊗平⊕仄。
想当年、金戈铁马，　　　仄平平、⊕平仄仄，
气吞万里如虎。　　　　　仄平仄仄平仄。

元嘉草草，　　　　　　　⊕平仄仄，
封狼居胥，　　　　　　　⊕平⊕平，
赢得仓皇北顾。　　　　　⊕仄⊕平平仄。
四十三年，　　　　　　　⊗仄平平，
望中犹记，　　　　　　　⊗平⊕仄，
烽火扬州路。　　　　　　⊕仄平⊕仄。
可堪回首，　　　　　　　⊗平⊕仄，
佛狸祠下，　　　　　　　⊗平⊕仄，
一片神鸦社鼓。　　　　　⊗仄⊕平⊗仄。
凭谁问、廉颇老矣，　　　⊗平仄、⊕平仄仄，
尚能饭否？　　　　　　　⊗平仄仄。

辛弃疾

【声律】

　　◎双调。一百零四字，上阕十一句，下阕亦十一句。

　　◎押仄声韵，上阕"处""去""住""虎"押韵，押四

185

仄韵；下阕"顾""路""鼓""否"押韵，押四仄韵。

南宋绍兴十年，即将克复中原的岳飞，却被十二道金牌召回临安。几乎就在同一时间，一个婴儿在山东济南府的历城县呱呱坠地了。

这一年，距北宋亡国，已经整整十三年了。淮河以北的大好河山，全部沦于金人之手，北方的百姓过着暗无天日的生活。这个婴儿，就是在这样的时代背景下降生的。

婴儿的祖父名叫辛赞，曾是北宋政和年间的进士。金兵南侵时，辛赞"累于族众"，无法离开故土，只好在金国的统治下苟且求全。此时，辛赞看着怀里的婴儿，叹口气道："孩子啊，你没有生在好时候啊。如今这个时代，已经腐朽不堪、病入膏肓了呀。"

或许，只有曾发出"匈奴未灭，何以家为"这句豪言壮语的霍去病，才能给这个没落的时代，注入一剂强心针吧。思及此处，辛赞便给这个孩子取名为"弃疾"，希望他长大成人后，能像霍去病那样，驱除金人，收复失地，让国家强盛繁荣，让百姓安居乐业。

这个叫辛弃疾的孩子，正如祖父所期望的那样，用自己的一生告诉世人，什么样的好汉，才配得上"男儿到死心如铁，看试手，补天裂"这样豪迈的诗句！

岳飞冤死风波亭那年，辛弃疾刚满两岁。此后十几年，南宋再也没有向金国发起过像样的反击，黄河以北地区的百姓，被金人肆意驱赶奴役，过着苦不堪言的日子。

中原人民的悲惨境遇，深深刺痛了辛弃疾的心，一颗复仇的种子在他心底滋长，很快他就迎来了施展拳脚的机会。

绍兴三十一年（1161）春，金主完颜亮率领六十万金兵，浩浩荡荡杀向南宋。

辛弃疾趁金国倾巢而出、后方空虚之际，在山东扛起反金大旗，很快就聚起一支两千余人的义军。随着河南、河北等地的起义队伍不断汇入，只用了短短一年时间，这支抗金力量就发展到数十万之众。

绍兴三十二年（1162）正月，正是一年里最冷的时候，再加上连年战乱，中原的百姓们都躲在家里，闭门不出，旷野里更是人迹罕见。但此时却有一队轻骑兵，在一位英姿飒爽的青年率领下，顶着茫茫风雪，一路匆匆南去。

这支骑兵小队，是山东义军向南宋朝廷派出的使者，他们此行的任务是与南宋朝廷建立联系，共同商讨抗金事宜。至于领头那位英姿飒爽的年轻人，正是义军新任节度掌书记——辛弃疾。这一年，他二十三岁。

就在辛弃疾完成使命，准备北上复命时，山东义军内部骤然生变。叛军残忍杀害了义军首领，并带着首级投奔了金国。

辛弃疾听闻此事，不由怒发冲冠，连夜率五十骑精兵，奔袭金军大营，生擒叛军首领，并将其押至建康，枭首示众。

这一壮举不仅让辛弃疾声名大振，更震慑了宵小之徒，大大鼓舞了南宋官兵的士气。就连宋高宗得知此事后,也大加赞赏,当即任命辛弃疾为江阴签判,相当于今天的市政府秘书长。从此,辛弃疾留在南宋朝廷,开始了他长达四十余年的仕宦生涯。

正所谓"学成文武艺,货与帝王家"。辛弃疾本以为,留在南宋后,就能把自己的才能与抱负统统施展出来了,但南渡之后,他却失望地发现,原来那只是自己的一厢情愿罢了。

绍兴三十二年五月,宋高宗退位,传位于养子赵昚,是为宋孝宗。孝宗继位之初,就平反了岳飞的冤案,并起用了许多主战派官员,颇有一些中兴的气象。

年轻的辛弃疾满怀希望,向宋孝宗上书,呈上了十篇眼光独到的抗金策论,从军事、政治等多个角度,向宋孝宗分析了当前的抗金形势,并详尽地陈述了自己的抗金策略。

这十篇抗金策略,就是著名的《美芹十论》。辛弃疾为此投注了大量心血和精力。然而,这一建议却被宋孝宗束之高阁,只安排他到江西、湖北、湖南等地,负责整顿治安等地方性事务。

辛弃疾本以为自己有机会大显身手,立下封狼居胥、勒石燕然那样的不世之功,没想到朝廷软弱,武备废弛,自己的一腔热血,到头来无处泼洒,这一切都让辛弃疾心灰意冷:

壮岁旌旗拥万夫,锦襜突骑渡江初。燕兵夜娖银胡䩮,汉箭朝飞金仆姑。

追往事,叹今吾,春风不染白髭须。却将万字平戎策,换得东家种树书。

一个"叹"字,道尽了辛弃疾复杂的心绪。尽管他怀着满腔热血,一心想为国效力,但到头来,凝结着自己心血的"万字平戎策",只落得个"东家种树书"的结局。其中滋味,又能对谁诉说呢?

宋宁宗开禧元年(1205),辛弃疾被任命为镇江知府,而此时的他,已是六十六岁的老人了。上任途中,辛弃疾在镇江京口的北固亭登临远眺,触景伤情,兼之感怀身世,便提笔写下《永遇乐·京口北固亭怀古》。

词人以"千古江山,英雄无觅"起笔,气势喷薄而出,显示出非凡的胸襟与气魄,也说明了词人提笔不是囿于一己私利,而是不忍见大好江山逝去——这就为本词定下了较高的格调。

仲谋,指的是三国时代吴国国主孙权,他曾在京口建立霸业,是公认的一代英雄豪杰。辛弃疾对孙权很是佩服,其另一首词作《南乡子》,就以万分钦佩的口吻赞扬孙权:"年少万兜鍪,坐断东南战未休。天下英雄谁敌手?曹刘,生子当如孙仲谋。"

寄奴,指的是世居京口的南朝宋开国皇帝刘裕,他出身贫寒,后来投身戎马,凭借着巧妙布阵,打赢无数以少敌多之战,在北伐战争中所向披靡,被称为"南朝第一帝"。

词人在北固亭遥望,只见江山依旧、岁月不居,多少英雄豪杰次第登场,多少前尘往事被风雨吹散,只留下"斜阳草树,寻常巷陌",全不见"金戈铁马,气吞万里"。

"元嘉草草，封狼居胥，赢得仓皇北顾。"元嘉是南朝宋文帝刘义隆的年号。元嘉二十七年（450），宋文帝命王玄谟北伐拓跋氏，由于准备不足又贪功冒进，最终大败而归，被北魏太武帝乘胜追至长江边。宋文帝登楼北望，深悔不已。此三句借古喻今，警告主战权臣不要草率出兵，酿成大祸。

南渡至今，已经过去四十三年了。在此期间，宋金战事不断；然而，当年扬州路上，狼烟四起的景象却依然历历在目。说来也是悲凉，自己主战一生，如今垂垂老矣，却只能目睹朝廷在苟安求和的必死之路上前行。

"可堪回首，佛狸祠下，一片神鸦社鼓。"怎么可以回首啊，北魏皇帝拓跋焘的行宫已有百姓祭拜，乌鸦啄食着祭品。北方已非宋朝国土，词人非常悲痛。

"凭谁问、廉颇老矣，尚能饭否？"最后词人以廉颇自况，一来担心自己重蹈廉颇覆辙，被奸人所害，被朝廷弃用；二来表明决心，自己忠心耿耿，纵使不被理解，也愿意上战场杀敌，效力朝廷；三来彰显能力，自己虽然年老，但勇武不减当年，可如廉颇一般随时挂帅。

或许人老了就爱怀旧吧，此时的辛弃疾，忽然想起了祖父辛赞，还有他对自己说过的话："孩子，你的名字就叫弃疾，希望你长大成人后，能像霍去病那样，驱除金人，收复失地，让国家强盛繁荣，让百姓安居乐业。"

祖父，我始终是那个想要"只手补天裂"的辛弃疾，我从来没有变！可是，我现在已经老了，就算我像廉颇一样老当益壮，但愿意起用我的赵王，如今又在哪里呢？

永遇乐·落日熔金　李清照

落日熔金,暮云合璧,人在何处?染柳烟浓,吹梅笛怨,春意知几许?元宵佳节,融和天气,次第岂无风雨。来相召、香车宝马,谢他酒朋诗侣。

中州盛日,闺门多暇,记得偏重三五。铺翠冠儿,捻金雪柳,簇带争济楚。如今憔悴,风鬟霜鬓,怕见夜间出去。不如向、帘儿底下,听人笑语。

永遇乐·明月如霜 苏轼

彭城夜宿燕子楼,梦盼盼,因作此词。

明月如霜,好风如水,清景无限。曲港跳鱼,圆荷泻露,寂寞无人见。纨如三鼓,铿然一叶,黯黯梦云惊断。夜茫茫,重寻无处,觉来小园行遍。

天涯倦客,山中归路,望断故园心眼。燕子楼空,佳人何在,空锁楼中燕。古今如梦,何曾梦觉,但有旧欢新怨。异时对,黄楼夜景,为余浩叹。

暗香·疏影

暗香、疏影，词牌名，出自林逋的咏梅名句"疏影横斜水清浅，暗香浮动月黄昏"，是姜夔自创曲调，在其曲谱集《白石词》中可见，是词人用来咏梅所创。《疏影》又名《绿意》《解佩环》，《暗香》《疏影》小序中写道："辛亥之冬，予载雪诣石湖。止既月，授简索句，且征新声，作此两曲。石湖把玩不已，使工妓隶习之，音节谐婉，乃名之曰《暗香》《疏影》。"

旧时月色，	仄平仄仄，
算几番照我，	仄仄平仄仄，
梅边吹笛。	平平平仄。
唤起玉人，	仄仄仄平，
不管清寒与攀摘。	仄仄平平仄平仄。
何逊而今渐老，	平仄平平仄仄，
都忘却春风词笔。	平平平平平仄。
但怪得、竹外疏花，	仄仄仄、仄仄平平，
香冷入瑶席。	平仄仄平仄。

第四章　南宋的婉约与豪放

江国，	中仄，
正寂寂。	仄仄仄。
叹寄与路遥，	仄仄仄仄平，
夜雪初积。	仄仄平仄。
翠尊易泣，	仄平仄仄，
红萼无言耿相忆。	平仄中平仄平仄。
长记曾携手处，	中仄平平仄仄，
千树压、西湖寒碧。	中仄中、中平平仄。
又片片、吹尽也，	仄仄仄、平仄仄，
几时见得。	仄平仄仄。

《暗香》姜夔

【声律】

◎双调。九十七字，上阕九句，下阕十句。

◎押仄声韵。上阕"色""笛""摘""笔""席"押韵，押五仄韵；下阕"国""寂""积""泣""忆""碧""得"押韵，押七仄韵。

苔枝缀玉，	中平仄仄，
有翠禽小小，	仄仄平仄仄，
枝上同宿。	中仄中仄。
客里相逢，	仄仄平平，

195

篱角黄昏，　　　　　　　　　⊕仄平平，
无言自倚修竹。　　　　　　　⊕平⊕仄平仄。
昭君不惯胡沙远，　　　　　　⊕平⊕仄平平仄，
但暗忆、江南江北。　　　　　仄仄仄、⊕平⊕仄。
想佩环、月夜归来，　　　　　仄⊕平、仄仄平平，
化作此花幽独。　　　　　　　仄仄仄平平仄。

犹记深宫旧事，　　　　　　　⊕仄⊕平⊕仄，
那人正睡里，　　　　　　　　仄平仄仄仄，
飞近蛾绿。　　　　　　　　　⊕仄平仄。
莫似春风，　　　　　　　　　仄仄平平，
不管盈盈，　　　　　　　　　仄仄平平，
早与安排金屋。　　　　　　　仄仄⊕平⊕仄。
还教一片随波去，　　　　　　⊕平仄仄平平仄，
又却怨、玉龙哀曲。　　　　　仄仄仄、仄平⊕仄。
等恁时、重觅幽香，　　　　　仄仄平、⊕仄平平，
已入小窗横幅。　　　　　　　仄仄仄平平仄。

《疏影》姜夔

【声律】

　　◎双调，一百一十字。上阕十句，下阕亦十句。

第四章 南宋的婉约与豪放

◎押仄声韵。上阕"玉""宿""竹""北""独"押韵,押五仄韵;下阕"绿""屋""曲""幅"押韵,押四仄韵。

词自唐五代起,经晏殊、欧阳修等人承袭和发扬,到了苏轼、李清照、辛弃疾这里,始达最盛。

然而,月盈则亏,万事皆如此。自辛弃疾之后,已达顶点的宋词,就开始走下坡路了。

这时,一位白衣少年缓缓从历史深处走来,大笑着说:"这中兴宋词的使命,就让我姜白石担负起来吧!"这位自称白石的少年,便是被誉为"骚雅派鼻祖"的姜夔。

在时人眼中,精通文学和音律的姜夔,是一个超凡脱俗的名士,史料称他"人品秀拔,体态清莹,气貌若不胜衣,望之若神仙中人"。

姜夔一生不曾出仕,常以"淮左布衣""白石道人"自居。有很多王公贵族"或爱其诗,或爱其文,或爱其乐,或爱其字",而姜夔始终以平等且相互尊重的态度与其相处。即便晚年穷困潦倒,他也不肯攀附权贵。

其实,年轻时的姜夔,曾一次次参加科举考试,以期登科及第、博一个富贵功名。但事与愿违,他四战四败,终于心灰意冷,发誓不再赶考。

南宋淳熙三年(1176)冬至,四处游历的姜夔途经扬州城,漫步于古道上,看着眼前被战火摧残的废墟,他不禁想起杜牧笔下扬州城昔日的繁华盛况。

一时间,凄凉之感顿生,一首传唱千古的《扬州慢》脱口而出:

淮左名都,竹西佳处,解鞍少驻初程。过春风十里,尽荠麦青青。自胡马窥江去后,废池乔木,犹厌言兵。渐黄昏、清角吹寒,都在空城。

杜郎俊赏,算而今、重到须惊。纵豆蔻词工,青楼梦好,难赋深情。二十四桥仍在,波心荡,冷月无声。念桥边红药,年年知为谁生!

这首词巧妙地把眼前所见之景,与历史典故、前人诗词融于一体,营造出一种清雅空灵的氛围,可谓是技艺高超、意境深远。

正如明末思想家王夫之评价的那样:"以乐景写哀,以哀景写乐,一倍增其哀乐。"

这一年,姜夔二十二岁,凭借这首《扬州慢》,他已成为南宋词坛上冉冉升起的一颗新星。

有人官场失意,情场得意,但姜夔不仅官场失意,情场也没有得意。

早年间客居合肥时,他曾暂住于赤阑桥,与一对善弹琵琶的柳姓姊妹相遇,并产生了一段刻骨铭心的爱情故事。这段恋情,后来被姜夔写进了《踏莎行》里：

> 燕燕轻盈，莺莺娇软，分明又向华胥见。夜长争得薄情知，春初早被相思染。
>
> 别后书词，别时针线，离魂暗逐郎行远。淮南皓月冷千山，冥冥归去无人管。

然而，想让一段爱情开花结果，需要一片可以扎根的沃土。姜夔自己还居无定所、四处漂泊，哪有钱迎娶这对双胞胎姐妹呢？天底下多少爱情佳话，最后都败给了现实。

离开合肥之后，这对姐妹花就成了他心头的朱砂痣，在他存世的八十多首词中，有三分之一都是写的对柳氏姐妹的思念。

南宋光宗绍熙二年（1191）冬，姜夔应诗人范成大之邀，到苏州石湖别墅小住。

范成大诗名显赫，为官也颇有政绩，曾任礼部尚书、参知政事，后为资政殿大学士，可谓仕途通达。他晚年因病退居石湖，专门买下园子种植自己喜爱的梅花，还投入大把精力，撰写了世界第一本关于梅花的专著——《梅谱》。

姜夔来访的时候大约三十岁，前辈的邀请与款待，让他十分感激。于是，他投其所好，在宴饮席间创作了两首咏梅词，拿给歌女们弹唱，以助酒兴。

因为以梅花为题、曲调婉转动听，索性起名为《暗香》和

《疏影》。

《暗香》这首词开头的"旧时月色,算几番照我,梅边吹笛。唤起玉人,不管清寒与攀摘",词人一开始,就塑造了一个月色朦胧、梅影横斜的意境,此时笛韵悠扬、玉人相伴,如此良辰美景,难怪让人"几番"往复,念念不忘。

接下来"何逊而今渐老,都忘却春风词笔"一句,笔锋从回忆转到眼下。词人以南朝诗人何逊自比,形容自己马齿徒增,才华也都随风而逝了。"春风词笔"不仅指文采,也兼指格调,词人此时不过三十岁,便说出"渐老""忘却"的话来,可见失去恋人后的心境,同"旧时"的情兴截然不同。

"但怪得、竹外疏花,香冷入瑶席。"梅花的冷香随风飘散,勾起了词人对旧时往事的怀想,进一步引出了对佳人的怀念。

"江国,正寂寂。叹寄与路遥,夜雪初积",江南水乡一片沉寂,想折枝梅花赠相思,可惜路途遥遥,更何况夜雪纷飞,道路阻滞,他知道自己与旧日恋人再无相见的可能,于是浓厚的哀伤油然而生。

"翠尊易泣,红萼无言耿相忆。"酒杯和红梅也懂得思念之苦吗?若非如此,为何伤心垂泪,与我一起回忆从前呢?悲伤哭泣的不是酒樽,更不是红梅,而是姜夔自己,他用含悲的眼看世界,于是世间万物仿佛都含着悲。

接下来,"长记曾携手处,千树压、西湖寒碧"写的是湖畔梅花盛开的美景。如今美景依旧,曾携手游玩的姑娘却不知身在何方。

"又片片、吹尽也,几时见得。"梅花一片一片地凋零,仿佛每一片都落在词人心上。往日梅花的繁盛景象,不知何时再见,那如花的人儿又"几时见得"呢?

《暗香》以绝望的悲叹收尾,看似寻常的字眼里,却是刻骨铭心的悲痛。

《疏影》和《暗香》不同,姜夔连续铺排五个典故,用罗浮山的仙女、杜甫诗中的"佳人"、出塞的王昭君、爱画梅花妆的寿阳公主、金屋藏娇的陈阿娇五位女性来比喻梅花,把梅花人格化、性格化,笔法极为奇特。

首句的"苔枝缀玉,有翠禽小小,枝上同宿",直接刻画梅花的清丽美好和一对翠禽同宿的景象,其中的象征意味不言而喻。

"客里相逢,篱角黄昏,无言自倚修竹",出自杜甫的《佳人》,"绝代有佳人,幽居在空谷。……天寒翠袖薄,日暮倚修竹"。这几句词不仅写出了梅花的高洁,更是直接把梅花比作了"佳人"。

"昭君不惯胡沙远,但暗忆、江南江北。想佩环、月夜归来,化作此花幽独。"这几句词是化用杜甫《咏怀古迹》,"画图省识春风面,环珮空归月夜魂"。王昭君的魂魄月夜归来,化作了梅花。

"犹记深宫旧事,那人正睡里,飞近蛾绿",讲的是南朝寿阳公主的典故。

据说，曾有梅花飘落在寿阳公主的额头上，拂之不去，而宫人竞相仿效，遂成梅花妆。词人借这个典故，隐晦地描述了梅花飘零的景色。

"莫似春风，不管盈盈，早与安排金屋"，写的是汉武帝金屋藏娇的故事。与其像春风那样，对梅花冷漠无情，不如学学汉武帝，好好爱惜这份美丽。不要等到梅花飘落的时候，再去抱怨琴曲哀伤，催着花朵凋谢。

"等恁时、重觅幽香，已入小窗横幅"，如果真的等梅花飘落、随波而逝的时候，怕是只能在画中看到她了。

这两首词把姜夔"清空骚雅"的风格表现得淋漓尽致，不仅成为他个人的代表之作，也成为咏梅词中的佼佼者。如《词源》所评价的那样："词之赋梅，惟白石《暗香》《疏影》二曲，前无古人，后无来者，自立新意，真为绝唱。"

据说，范成大听了姜夔的《暗香》《疏影》之后，大为感动，当即将自己身边一位色艺双绝的歌女赠予姜夔，以成全他"唤起玉人，不管清寒与攀摘"的美事，此事遂成一段文坛佳话。

在宋词名家当中，柳永、二晏、秦观等人词风婉约，苏轼、辛弃疾等人词风豪宕。而到了姜夔这里，词风再次一变，不仅音律精严，且以"清空""骚雅"之风格见长。

姜夔之后的词家大多继承了这一风格，因此后人把这些词人合称为"骚雅派"，而把姜夔视为鼻祖。

所谓"雅"是指这些词人受时代的濡染，以高雅作为自己的美学理想。所谓"骚"是指他们继承了《离骚》中表现自我、抒发自我的抒情传统。注重抒写心境,追求音律谐和,是这一派词人最重要的特征。

南宋嘉定二年(1209),穷困潦倒的姜夔病逝于杭州。临终时,他连安排身后事的钱都没有。靠着朋友的捐资,他的遗体才得以下葬。

或许,我们可以用姜夔的一句词来总结这位"淮左布衣"的一生:"野云孤飞,去留无迹。"

暗香·霁天秋色 陈允平

霁天秋色。正倚楼待月,谁伴横笛。涨绿浮空,闲数河星手堪摘。弥望澄光练净,分付与、玄晖才笔。烟潋阔,云远波平,归鸟趁风席。

南国。信音寂。帐雁渚渡闲,鹭汀沙积。藓碑露泣。时拊遗踪暗嗟忆。人事空随逝水,今古但、双流一碧。待办取、蓑共笠,小舟泛得。

暗香·晓霜一色 吴潜

晓霜一色。正恁时陇上，征人横笛。借问孤芳为谁折。休说和羹未晚，都付与、逋仙吟笔。算只是，野店疏篱，樵子共争席。

寒圄，众籁寂。想暗里度香，万斛堆积。恼他鼻观，巡索还无最堪忆。萼绿堂前一笑，封老干、苔青莓碧。春漏也，应念我、要归未得。

第五章 回归音律本身

虞美人·春花秋月何时了

虞美人，唐教坊曲名，后为词牌名。此调又称《虞美人令》《玉壶冰》《忆柳曲》《一江春水》。虞美人，本是与项羽宠姬有关。南宋王灼《碧鸡漫志》引《脞说》称："起于项籍'虞兮'之歌。"据记载，项王军队驻扎在垓下（今安徽灵璧县东南），少兵缺粮，又被各路敌军重重包围。晚上，汉军在楚军队四面唱起了楚歌，项王听到后大惊，以为楚人都被汉军降伏了。惆怅不已的项羽饮起了酒，唱起了悲歌："力拔山兮气盖世，时不利兮骓不逝。骓不逝兮可奈何，虞兮虞兮奈若何！"往复唱了数遍。虞姬也唱道："汉兵已略地，四面楚歌声。大王意气尽，贱妾何聊生。"歌毕，就自刎而死了。

春花秋月何时了，	⊕平⊕仄平平仄，
往事知多少？	ⓘ仄平平仄？
小楼昨夜又东风，	ⓘ平ⓘ仄仄平平，
故国不堪回首月明中。	ⓘ仄ⓘ平⊕仄仄平平。

雕栏玉砌应犹在，　　　⊕平⊘仄平平仄，
只是朱颜改。　　　　　⊘仄平平仄。
问君能有几多愁？　　　⊘平⊕仄仄平平？
恰似一江春水向东流。　⊘仄⊘平⊕仄仄平平

李煜

【声律】

◎双调，五十六字，上下阕各四句。

◎押二仄韵换二平韵。上阕押"了""少"二仄韵，换"风""中"二平韵；下阕押"在""改"二仄韵，换"愁""流"二平韵。

当历史的车轮从李唐王朝的残骸上碾过，五代十国的大分裂成了时代的主旋律。在这样的时代，有两个相对安稳的政权。它们孕育出的文学作品，成了唐诗到宋词的重要过渡。这两个政权，一个是坐落于成都的前蜀，一个是建都于江宁的南唐。

在前蜀，宰相韦庄接过花间派的大旗，使巴蜀之地焕发了文学上的新生。韦庄死的时候，南唐政权还未建立，那个比他更重要的词人，也还没有出生。

公元937年，混乱的五代十国已经走过了三十年，南方吴国的将领徐知诰废黜了吴帝，并取而代之。为了让自己名正言顺，他把名字改为李昪，将国号定为"唐"，这就是五代十国中的南唐

政权。

同年七夕，宫中添了一位皇孙，他的父亲是李昇的长子李璟——一位诗词才华超过政治才能的皇帝。人们惊讶地发现，这个孩子和当年的西楚霸王项羽一样，天生就有重瞳异象。所谓"重瞳"，就是一只眼里有两个瞳孔，在上古神话中是圣人独有的特征。李昇很是欢喜，给这个孩子取名为李从嘉，字"重光"。

李昇、李璟相继过世后，李从嘉便继任了皇位。按照南唐登基更名的惯例，改名李煜。

在常人眼中，生在帝王之家、继承皇帝宝座，是几世轮回都换不来的福分，但对于满腹才情、毫无野心的李煜来说，皇位反而是人生最大的枷锁。

他根本无心政治：祖上积累的财富，于他，是酒池肉林的入场券；江南水乡的宫廷，于他，是欢声笑语的背景板。他含着金汤匙出生，从未见识过民间的疾苦，也不曾知道祖辈创业的艰难，把全部的精力都投入玩乐之中，起笔都是一曲曲艳词。

他喜欢写词。"红日已高三丈透，金炉次第添香兽"，美人大周后的曼妙舞姿带给了他创作灵感，也让他在昼夜不停的宴饮中，醉生梦死；"刬袜步香阶，手提金缕鞋"，提着鞋子，蹑手蹑脚地和小姨子偷情，让他体会到了更加刺激的情趣；"桃李依依春暗度，谁在秋千，笑里轻轻语"，春光将尽，秋千上美人的笑语，又勾起了李煜荡漾的春心。

沉浸在欢愉中的李煜从未想过，有一天南唐会亡在自己手里；

第五章　回归音律本身

也从未预料到，自己将从万人之上的真龙天子，变为身不由己的阶下囚。但这一切还是发生了……

公元975年，北宋对南唐发起进攻。两国兵力悬殊，结果毫无悬念。很快，金陵城破，李煜被宋军俘虏。

原本尊贵的帝王，此时成了亡国之君。对于自己的失败，他恨！对于国破家亡的处境，他恨！对于后半生的悲惨命运，他更是恨！绝望、伤心、后悔、无措……种种复杂的情感把李煜折磨得不成样子。从前的他畅游于华美宫殿，如今的他只能委身于黑白文字。

公元978年，七夕。软禁中的李煜，迎来了自己四十二岁的生日。前尘往事历历在目，该后悔吗？"我有什么错吗？父亲也是这样生活的，没有人告诉我如何成为一个不亡国的皇帝呀！""回，是肯定回不去了，即使明月映高楼、东风依旧，可物是人非，原本属于他的一切，再也不是他的了……"

他确实丢了所有的身外之物，但好在才情不减，随手一挥，他还是能写出《虞美人·春花秋月何时了》这样的惊世之作。

法国浪漫主义诗人缪塞曾说："最美的诗歌是最绝望的诗歌，有些不朽的篇章是纯粹的眼泪。"用这句话来评价李煜这首《虞美人》，再合适不过。

"春花秋月何时了，往事知多少？"头两句十二个字，就把古今中外共通的一种悲哀情愫写了出来。人生短暂无常，不像宇宙万物循环往复，但是目睹了世事变迁的春花与秋月，你们又能有几分理解我的过往呢?

春天花还会开,但是眼前这一朵还是去年的老相识吗?中秋月亮还会圆,但是它还有曾经的记忆吗?唯独李煜,还沉浸在无法返回的过去。烹金馔玉的一国之主,一朝沦为长歌当哭的阶下囚;从城破的那一刻起,李后主的一生永远地封印在了"亡国"的耻辱柱上。就算苟活,又能怎样?他的余生,都将锁在对往事的追忆中,变成一个不可与当下共处的人。

"小楼昨夜又东风,故国不堪回首月明中。"李煜昨夜听到的"东风",也是李商隐"东风无力百花残"里的"东风"。东风将起之日,便是春天将尽之时。眼前盛开的春花,注定会如红颜一般,逃不过岁月的辣手摧残,那将是多么令人感伤的一幕啊!

此刻的明月,就像一盏大功率的聚光灯,独独照着江南,照着南唐王朝曾经的所在。它把天底下所有人的伤感,都聚焦到了李煜一个人身上。无论是国破家亡的悲愤,还是为亡国之君的负罪感,只四个字便可说明——"不堪回首"。

"雕栏玉砌应犹在,只是朱颜改。"南唐的宫殿里,那些雕刻精美纹饰的栏杆、白玉般的台阶,现在应该还在吧?雕栏犹在、玉砌也未改,改变的只有置身其中的朱颜。"朱颜"何意?是曾经日夜相伴的大小周后,还是俊俏美丽的一众宫娥?是三分醉意上脸的李煜,还是已经失去的青春年少……

"问君能有几多愁?恰似一江春水向东流。"内心的愁闷,再也兜不住,不如直说吧!你问我愁到什么程度,十分、百分、万

第五章 回归音律本身

分、百万分？这些都不足以形容。我的愁，如滔滔江水，绵绵不绝。这句词，也许不只是比喻。李煜离开江宁来到汴京之后，就再也无法见到滚滚东流的长江了。又是一年春来到，想必江水还像往年一样吧！我无法站在江边，但我的愁绪此刻已经泛滥，与长江一样横亘在大地之上。

春花、秋月，一去不来；往事、故国，长逝不返。遭遇了国破家亡之后，李煜终于悟透了人间永恒不变的真理：所有美好的事物，都不会长留于身边。也只有在这种体悟下所写的词，才能余音袅袅，让人回味无穷。正如后人评价的那样："亡国之音，何哀思之深耶！"

或许"虞美人"这个词牌，天生就带着几分血腥味。李煜这首"春花秋月何时了"，很快就传到了宋太宗赵光义那里。身为俘虏，吟唱此等怀念故国之曲，可见其不忘故国、贼心不死。赵光义勃然大怒，顿时起了杀心。

李煜这边，正在独自依栏眺望。只听外边来报，皇帝赐了一杯美酒，为侯爷庆贺生辰。该来的还是来了，心狠手辣的赵光义，终究还是容不下自己。

李煜举杯，一饮而尽，酒里的牵机药让他在极端痛苦中死去。不过，对于此时的他来说，死去何尝不是一种解脱呢？

话说回来，李煜真的动过复国的念头吗？以他懦弱的性格，恐怕想都没想过。时间回到他刚登基那一年，此时的南唐正值内忧外患之际，北宋正不断吞并周边小国。李煜为求自保，年年向宋廷进贡，他还主动取消国号、贬损仪制，改称"江南国主"以示臣服。

可南唐的退让，并没有改变北宋朝廷的鲸吞之心。公元975年，宋军还是攻破金陵城。兵临城下之际，李煜再三派遣使臣求和，结果得到的，却是宋太祖赵匡胤那句"卧榻之侧，岂容他人鼾睡"。后来，南唐不在，李煜也成了李后主，还被软禁起来，时刻被监视。

回望李煜的一生，若不是命运将其错放在王位上，或许他可以安安心心地当一个富贵闲人；但如果他不曾经历亡国之耻，或许也无法达到此等文学水平。《人间词话》说李煜："词人者，不失其赤子之心者也。故生于深宫之中，长于妇人之手，是后主为人君所短处，亦即为词人所长处。"

李煜的一生，看似大起大落，实际上阅世很浅——他生于皇宫内苑，理所当然地享受荣华，并且歌颂它；他背负亡国的罪过，就不加节制地沉溺在忧伤之中，并且反复吟咏它——除此之外，他的词里再也找不到别的主题，这是他"阅世浅"的表现。

然而，"阅世愈浅，性情愈真"。李煜的真性情，在于他从来不抑制自己的情绪。亡国之前，他坐拥江南半壁，可以肆无忌惮地享乐，所以他写淫词艳曲的时候，不会考虑有没有道德污点、会不会被人嘲笑；亡国之后，他作为南唐后主，真切地体会到从浮华到幻灭的落差，体会到人世无常与美好永逝，也把这些感悟毫无保留地写进了词作当中，所以王国维才会说"词至李后主而眼界始大，感慨遂深"。

李煜,被后世尊称为"千古词帝"。除他本身就做过皇帝,还因为他对词这种文学形式的发展,做出了十分巨大的贡献。在李煜之前,作词的主要是伶工,他们专为青楼教坊的歌姬舞女谱写歌词,内容无非是助兴用的靡靡之音,所以,词一直是不入流的东西;李煜之后,词开始进入士大夫阶层,他们是社会中的意见领袖——诗以咏志,文以载道——在诗文之余,便通过写词,来抒发微妙的情感。

宋代写词的士大夫中,或许才华有高于李煜的,但是鲜少有人像他一样率性天真。这样的性格,让他丢了性命,也成就了他的文学地位……

虞美人·一弦弹尽仙韶乐

晏几道

一弦弹尽仙韶乐。曾破千金学。玉楼银烛夜深深。愁见曲中双泪、落香襟。

从来不奈离声怨。几度朱弦断。未知谁解赏新音。长是好风明月、暗知心。

虞美人·有美堂赠述古 苏轼

湖山信是东南美,一望弥千里。使君能得几回来?便使樽前醉倒、且徘徊。

沙河塘里灯初上,水调谁家唱。夜阑风静欲归时,惟有一江明月、碧琉璃。

相见欢·无言独上西楼

相见欢，唐教坊曲名，后为词牌，五代前蜀薛昭蕴最先用此调填词。此调包括《秋夜月》《上西楼》《西楼子》《忆真妃》《月上瓜州》《乌夜啼》等众多别名。

无言独上西楼，	⊕平⊠仄平平，
月如钩。	仄平平。
寂寞梧桐深院锁清秋。	⊠仄⊕平⊕仄仄平平。
剪不断，	⊠⊠仄，
理还乱，	⊠⊕仄，
是离愁。	仄平平。
别是一番滋味在心头。	⊠仄⊠平⊕仄仄平平。

李煜

【声律】

◎双调，三十六字，上阕三句，下阕四句。

◎上阕押平声韵,下阕仄声韵转平声韵。上阕押"楼""钩""秋"三平韵;下阕押"断""乱"二仄韵,转"愁""头"二平韵。

公元961年,刚从父亲手中接过南唐江山的李煜,还是一位风流翩翩少年郎,耳闻的是"笙箫吹断水云间",眼见的是"春殿嫔娥鱼贯列",他渐渐不再过问国事,终日里谱词度曲、吟风弄月。即便北方的强邻步步紧逼,也不能动摇这位少年天子享乐的心。

每逢春天,李煜便命人把宫里的梁栋窗壁都插满花枝,并美其名曰"锦洞天",然后让妻子大周后带着后宫嫔妃,绾起高髻、插着金钗,在春光盛景中饮酒作乐。

每年七夕,为了庆祝自己的生日,李煜还会让人拿出大堆的绫罗绸缎,摆成月宫天河的样子,在"锦洞天"里重现牛郎织女鹊桥相会的场面。李煜贪图享乐,由此可见一斑。

有一年,大周后病重不醒,她的妹妹小周后到宫中探望姐姐,并住在后宫伺候姐姐的起居。

一天,疲倦的小周后在房间内午睡,却被李煜撞个正着。

见到容颜娇俏可爱、犹胜姐姐三分的小周后,李煜一时间看得痴了。

回到寝宫中,他依旧心绪难平,于是在一张上好的春冰笺上,提笔写下了一首《菩萨蛮》:

蓬莱院闭天台女，画堂昼寝无人语。抛枕翠云光，绣衣闻异香。

潜来珠锁动，惊觉银屏梦。脸慢笑盈盈，相看无限情。

李煜命宫女将这首词传到小周后手中，冰雪聪明的女孩一眼便看懂了词中的深意，不禁粉面含羞、玉颈微低。少女的芳心，就这样被风流天子的柔情和诗词给俘获了。

公元965年，大周后因病离世，李煜便以"养于宫中待年"的名义，将小周后留在了宫中。

"待年"就是"待成年"的意思，这一年，小周后刚满十五岁，李煜也不过二十九岁。

做个才人真绝代，可怜薄命做君王。

如果李煜只是一个普通的世家子弟，那他完全可以在家族的荫庇下，醉心于艺术和佳人。只可惜，他是帝王，冷漠严酷的政治是容不下风花雪月的。

公元975年，南唐灭亡了。曾经的南唐后主，变成了北宋的"违命侯"，陪伴在他身边的是梨花带雨的小周后。

从年少风流的天子，到国破家亡的俘虏，过去的种种奢华生活，如今都像浮云一样随风而逝。

山河陆沉，百姓流离，身为君王的李煜，注定要在史书上留下"亡国昏君"的骂名。

在汴京，李煜被软禁了起来，他的一言一行、一举一动都被严密监视；他的国家已经换了姓氏；他的旧臣在侍奉新主；他最宠爱的小周后也被赵光义频繁传唤。

如今的李煜，就像笼中之鸟，满腔愁绪无处宣泄，只能通过文字寻求一丝精神的慰藉。

又是一年春天，又到了布置"锦洞天"的时节，可眼前，除了凋零的花朵，没有其他。百无聊赖的李煜，读起了杜甫的诗："城上春云覆苑墙，江亭晚色静年芳。林花著雨胭脂湿，水荇牵风翠带长……"

诗圣给的灵感已"送达"，词帝立即"签收"，一首《相见欢》便有了：

林花谢了春红，太匆匆。无奈朝来寒雨晚来风。
胭脂泪，留人醉，几时重。自是人生长恨水长东。

词本来就是配合当时流行音乐而填的歌词，不必像诗一样一本正经。这首词的一开篇，就非常口语化，直白的语言，让情感冲击力来得更猛烈。

"林花谢了春红，太匆匆"，花儿凋谢，遍地落红，春天的脚步为何如此急切，非要安排风雨，日夜不停地前来摧残？在一年中最美好的季节，最娇艳的东西陨落在你面前，它能让你联想到生命中错失的一切可爱之物，财富、美人、青春……

"谢了"两个字已经将惋惜与哀伤呈现出来了，词人似乎还嫌言不尽意,又加了一句"太匆匆"。三字一出,积郁已久的情绪便陡然爆发,虽然平白如话、毫无雕琢,但却胜过世间所有的精美修辞,被后人评价为"粗服乱头,不掩国色"。

"无奈朝来寒雨晚来风",这里的"无奈",当是亡国之君的无奈。面对自然界的凄风苦雨,面对宋王朝的金戈铁马,纵使李煜曾贵为帝王,又能奈之如何呢?

"胭脂泪,留人醉,几时重。"红花上的雨滴,就像涂过胭脂的女子留下的泪痕。一双泪眼深情凝望,谁能舍得离开,谁能拒绝再饮一杯?春光易逝,红颜易老,今日如若错过,怕是明日再无此花,今生再无此良人。胭脂,是美人脸上的绯红,也是林中花朵的鲜艳色彩;泪,是"梨花一枝春带雨"的"雨",也是"恰似一江春水向东流"的"愁"——"胭脂泪",写景亦抒情,指花亦指人。

"自是人生长恨水长东。"人生的种种不如意事,就如同滔滔东流的江水,无休无止、永无尽头。最后的这个长句,是词牌《相见欢》的固定调子,音乐到了这里,就该给前面的三字三叠句用一个长叹作结尾。而李煜填的词,恰好运用了调子本身的节奏,由花到人,所有的美好都太匆匆,只有人的感慨是无限的。这种不思量、空叹息,反而加重了其中的悲哀情绪。

上下阕两个长句,都用了叠字衔联法,"朝来""晚来"写的是风雨无情,对着娇蕊穷追猛打;"长恨""长东"则把抽象的人生愤恨,具象为东流之水,流水匆匆向东去,此恨绵绵无绝期。

把愁与恨比作流水,是后主惯用的伎俩。在这个层面上,"自是人生长恨水长东"与"恰似一江春水向东流",有了异曲同工的意味。不同的是,"恰似"二字,一语点破了比喻的痕迹,匠心外露,让一江春水,少了几分浑然天成。但"自是"二字,却恰好免此微瑕:"人生长恨"与"水长东"毫无关联却又如此相似,世人若无法体会我的恨,就去看看那流水吧……

北方的春天总是短暂的。人生如花,花开花落终有时,相逢相聚本无意。这是花的命运,也是人的命运。

前半生繁花似锦的春夏已然过去,剩下的,只有在冷月清辉相伴之下那萧瑟寒冷的秋冬了。

可北方的秋天也没那么好过,他在寂寞的夜里独自登楼,作了这首《相见欢·无言独上西楼》。

"无言独上西楼",只一句就把人带入十分具象的情境之中,"无言"二字写尽了李煜烦闷的心绪。此刻,他心中积郁着许多苦闷与惆怅,但又无处可诉,只能默默无语,独登西楼。

"月如钩。寂寞梧桐深院锁清秋。"登楼远望,残月如钩,勾起了他心底的离愁别恨;梧桐叶落,落尽了南唐故国的清秋气色。被"锁"住的不仅仅是清秋,更是李煜那孤寂的灵魂。残月、梧桐、深院、清秋,这些意象叠加在一起,共同渲染出极尽凄凉的环境,进而衬托出李煜内心的孤寂之情,为下阕的抒情做了充分的铺垫。

"剪不断,理还乱,是离愁"这三句,像是做女红的妇人在碎碎念,但又能把那种百爪挠心、挥之不去的情愫描绘得很精准。丝线的"丝"是"思念"的"思"的谐音,所以古人常用丝线比喻"思念"或者"牵挂",而李煜则用它来比喻"离愁"。丝长可以剪断,丝乱可以整理,但满腹"离愁"却"剪不断,理还乱"。

南唐后主心中所涌动的离愁别绪,是追忆"红日已高三丈透,金炉次第添香兽,红锦地衣随步皱"(《浣溪沙》)的荣华富贵,还是思恋"凤阁龙楼连霄汉,玉树琼枝作烟萝"(《破阵子》)的故国家园呢?或是悔失"四十年来家国,三千里地山河"(《破阵子》)的帝王江山?

他没有说,也说不清楚,只能用一句"别是一番滋味在心头"来表示。

昔日的一朝天子,如今的阶下之囚,阅历了人间冷暖、世态炎凉,经受了国破家亡的痛苦折磨。愁苦悲恨哽噎于心头,难以排遣,或许"此时无声胜有声",或许永远的沉默胜过千言万语。

沈际飞在《草堂诗余续集》中有这样的评价:"七情所至,浅尝者说破,深尝者说不破。破之浅,不破之深。"

确实啊,不如意事常八九,可与人言无二三,寻常百姓尚有外人无法共情的心思,亡国之君的感受又怎么能奢求别人理解呢?

原本多用于漫吟轻诉的"相见欢",李煜则以此词牌抒写沉痛之情,更能体现此调的声情特点。无论是他亲手葬送的江山,还是他此生最爱的女人,相见欢,再见已成永诀!

相见欢·云闲晚溜琅琅   蔡松年

云闲晚溜琅琅。泛炉香。一段斜川松菊瘦而芳。

人如鹄,琴如玉,月如霜。一曲清商人物两相忘。

相见欢·金陵城上西楼

朱敦儒

金陵城上西楼,倚清秋。万里夕阳垂地,大江流。

中原乱,簪缨散,几时收?试倩悲风吹泪,过扬州。

定风波

定风波,原唐教坊曲名。《敦煌曲子词》写道:"堪羡昔时军伍,谩夸儒士德能多。四塞忽闻狼烟起,问儒士,谁人敢去定风波。""汉兴楚灭本由他。项羽翘据无路,酒后难消一曲歌,霸王虞姬皆自刎。当本,便知儒士定风波"。由此可见,"定风波"本义就与平定叛乱相关。此调有中调和长调两种,《词律》列中调两体,《词谱》列八体。李珣词名"定风流"。张先词名"定风波令"。

王定国歌儿曰柔奴,姓宇文氏,眉目娟丽,善应对,家世住京师。定国南迁归,余问柔:"广南风土,应是不好?"柔对曰:"此心安处,便是吾乡。"因为缀词云。

常羡人间琢玉郎,	⊕仄平平⊚仄平,
天应乞与点酥娘。	⊕平⊚仄仄平平。
自作清歌传皓齿,	⊚仄⊕平平⊚仄,
风起,	⊕仄,
雪飞炎海变清凉。	⊚平⊕仄仄平平。

第五章 回归音律本身

万里归来颜愈少，	⊛仄⊛平平仄仄，
微笑，	⊛仄，
笑时犹带岭梅香。	⊛平⊛仄仄平平。
试问岭南应不好？	⊛仄⊛平平仄仄？
却道，	⊛仄，
此心安处是吾乡。	⊛平⊛仄仄平平。

《定风波·南海归赠王定国侍人寓娘》 苏轼

【声律】

◎双调。六十二字，上阕五句，下阕六句。

◎属于平韵错叶格。上阕"郎""娘""凉"押韵，押三平韵，错叶"齿""起"二仄韵；下阕"香""乡"押韵，押二平韵，错叶"少""笑""好""道"四仄韵。

三月七日，沙湖道中遇雨，雨具先去，同行皆狼狈，余独不觉。已而遂晴，故作此。

莫听穿林打叶声，	⊛仄平平仄仄平，
何妨吟啸且徐行。	⊛平⊛仄仄平平。
竹杖芒鞋轻胜马，	⊛仄⊛平平仄仄，
谁怕？	⊛仄？
一蓑烟雨任平生。	⊛平⊛仄仄平平。

料峭春风吹酒醒，	仄仄⊕平平仄仄，
微冷，	⊕仄，
山头斜照却相迎。	⊕平⊕仄仄平平。
回首向来萧瑟处，	⊕仄⊕平平仄仄，
归去，	⊕仄，
也无风雨也无晴。	仄平⊕仄仄平平。

《定风波·莫听穿林打叶声》 苏轼

【声律】

◎双调。六十二字，上阕五句，下阕六句。

◎属于平韵错叶格。上阕"声""行""生"押韵，押三平韵，错叶"马""怕"二仄韵；下阕"迎""晴"押韵，押二平韵，错叶"醒""冷""处""去"四仄韵。

公元1083年，在黄州生活了三年的苏东坡，见到了自南国北归的好友——王定国。

三年前的乌台诗案，不仅让苏轼遭遇了人生的第一次重大挫折，也波及了二十多位当朝官员。其中，王定国受到的责罚最重：他被贬到尚未开化的宾州，也就是今天的广西宾阳，去监督盐酒税；贬官的五年期间，一个儿子死在贬谪地，一个儿子死在家中，王定国自己也差点儿病死。

王定国家中原养有好几个歌女，其中一位复姓宇文，名曰柔奴,最是眉清目秀、蕙质兰心。王定国定案后,家奴歌女纷纷散去,唯有柔奴一人愿意陪伴王定国共赴宾州。宾州的僻远、路途的艰辛柔奴并非不知,但忠诚的她毅然与王定国一同踏上了前往宾州的道路。

后来,王定国奉旨北归,路过黄州便来看望好友苏轼。苏轼发现,王定国遭此一难,不但没有通常谪官那种仓皇落拓的容貌,还神光焕发,更胜当年,性情也更为豁达,于是不由疑惑,究竟是什么原因使他免于沉沦?

王定国笑了笑,叫出柔奴为苏轼献歌。只见窈窕的柔奴轻抱琵琶,慢启朱唇,轻送歌声。苏东坡以前也见识过柔奴的才艺,如今觉得她的歌声更为甜美,面色也更加红润,看来宾州的水土真是养人啊!王定国告诉苏轼,这几年来多亏柔奴陪伴在侧。苏轼便试探地问柔奴:"岭南应是不好吧?"柔奴却顺口回答:"此心安处,便是吾乡。"没想到,一个如此柔弱的女子竟能脱口说出如此豁达之语,苏东坡对柔奴大为赞赏,当即填了一首《定风波》。

词的上阕总写柔奴的外在美,开篇"常羡人间琢玉郎,天应乞与点酥娘",描绘出王定国的丰神俊朗,柔奴的天生丽质、晶莹俊秀,给人一个比较完整、真切而又寓于质感的印象。

"自作清歌传皓齿,风起,雪飞炎海变清凉。"柔奴能自作歌曲,清亮悦耳的歌声从她芳洁的口中传出,令人感到如同风起雪飞,使炎暑之地一变而为清凉之乡,使政治上失意的主人变忧郁苦闷、浮躁不宁而为超然旷放、恬静安详。苏词横放杰出,往往驰骋想象，构成奇美的境界，这里对"清歌"的夸张描写，表现了柔奴歌声独特的艺术效果。

"诗言志，歌咏言""哀乐之心感，而歌咏之声发"（班固《汉书·艺文志》），美好超旷的歌声发自美好超旷的心灵。这是赞其高超的歌技，更是颂其广博的胸襟，笔调空灵蕴藉，给人一种旷远清丽的美感。

词的下阕，通过写柔奴的北归，刻画其内在美。"万里归来颜愈少"承上启下，先勾勒她的神态容貌：岭南艰苦的生活她甘之如饴，心情舒畅，归来后容光焕发，更显年轻。"颜愈少"多少带有夸张的成分，洋溢着词人赞美历险若夷的女性的热情。"微笑"二字，写出了柔奴在归来后的欢欣中透露出的度过艰难岁月的自豪感。"笑时犹带岭梅香"，表现出浓郁的诗情，既写了她北归时经过大庾岭的情况，又以斗霜傲雪的岭梅喻人，赞美柔奴克服困难的坚强意志，为下边她的答话做了铺垫。

最后写到词人和她的问答。先以否定语气提问："试问岭南应不好？"然后再用"却道"转移话锋，使答语"此心安处是吾乡"更显铿锵有力、警策隽永。白居易《初出城留别》中有"我生本无乡，心安是归处"，《种桃杏》中有"无论海角与天涯，大抵心安即是家"等语，苏轼的这句词，受白诗的启发，但又明显地带有王定国和柔奴遭遇的烙印，有着词人的个性特征，完全是苏东坡式的警语。它歌颂柔奴随缘自适的旷达与乐观，同时也寄寓着词人自己的人生态度和处世哲学。

这不是苏轼第一次用这个词牌来寄寓自己的人生态度。就在与王定国见面的前一年，苏轼还写过一首《定风波·莫听穿林打叶声》。

那是宋神宗元丰五年（1082）的春天，苏轼与友人一同外出游玩，在经过沙湖的时候，突然下起了雷阵雨。拿着雨具的仆人已经先行离开了，好友几人只能面面相觑，一边看彼此狼狈的样子，一边等待天空放晴。苏轼与众人不同，反倒被不期而遇的雨水激发了灵感。

首句"莫听穿林打叶声"，一方面渲染出雨骤风狂，另一方面又以"莫听"二字点明外物不足萦怀之意。"何妨吟啸且徐行"，是前一句的延伸，"何妨"二字透出一点俏皮，更增加挑战色彩。开篇两句是全篇枢纽，以下词情都是由此生发。

在雨中行走，按照生活常态，当然是骑马胜过竹杖芒鞋，但是苏轼却说："竹杖芒鞋轻胜马，谁怕？"词人这里不是写实，而是继续写自己当时的心态。当他平静悠闲时，即使撑着竹杖、踩着草鞋，行走在泥泞之中，也不觉得窘迫困难。

在历经了政治上的风风雨雨后，苏轼越来越认同这种真真切切、平平淡淡的平民生活。"竹杖""芒鞋"是苏轼用来表达平民生活的重要意象，在其诗词中经常使用，如《初入庐山》中的"芒鞋青竹杖，自挂百钱游"，《东坡》中的"莫嫌荦确坡头路，自爱铿然曳杖声"，《寓居定惠院》中的"不问人家与僧舍，拄杖敲门看修竹"，等等。可以说，"竹杖芒鞋"就是苏东坡平民人格的具象化写照。

拄着竹杖、穿着芒鞋行走在风雨中，本是一种艰辛的生活，而苏轼却走得那么潇洒悠闲。"谁怕？"一句反问，写出了词人直面人生意外、不惧生活困境的精神面貌。

"一蓑烟雨任平生。""一蓑烟雨"象征人生的风雨，而"任平生"，是说一生任凭风吹雨打，却始终那样从容、镇定、达观。苏轼在政治上不断地受到打击，一贬再贬，晚年被流放到当时的蛮荒之地——海南岛。但是在精神上，他始终没有被打败，始终保持一颗鲜活灵动的心。苏轼非常喜欢"一蓑烟雨"这个意象，它来自张志和的《渔父》——"青箬笠，绿蓑衣，斜风细雨不须归"。苏轼恨其曲调不传，并将其改为《浣溪沙》中的句子，"自庇一身轻箬笠，相随到处绿蓑衣"。

词的下阕转到写雨后的情景和感受。"料峭春风吹酒醒，微冷，山头斜照却相迎。"这几句描绘了一个有趣而又充满哲理的画面：一边是料峭春风，词人感到丝丝的冷意；一边是山头斜照，词人感到些许的暖意。人生不就是这样既矛盾又统一吗？在寒冷中有温暖，在逆境中有希望，在忧患中有喜悦……当你对人生有了辩证的看待方法，就不会永远沉陷在悲苦和挫折之中，就会在微冷的醒觉中升起一股暖意、一线希望。

其实以上三句，表达的只是一种儒家的入世境界。在此基础上，苏轼进一步彻悟人生："回首向来萧瑟处，归去，也无风雨也无晴。"归去之后，看刚才刮风下雨的地方，哪里有什么雨，哪里有什么晴？

所谓风雨，所谓晴，不过是人心中的幻象而已。这里苏轼进入了佛教所说的"无差别境界"。在佛教看来，"万法唯心所现"，世界的一切物象皆是心所幻化而出的。如果心静，世界自然清静。其实世界万物并没有什么区别，只是我们有了分别心才有了世界万象；如果我们内心进入了无差别的境界，世界万物哪有什么分别呢？因此佛教劝人"去执"，一切都不要执着，不要被外物所系缚。成功也好，失败也好，都不要太在乎。

苏轼在这里表达的正是这样一种哲思，完成了心灵的皈依，再看生活中的风雨或阳光，哪有什么区别呢？都微不足道。他在此劝人既不要因风雨而担惊受怕，也不要因阳光而欣喜若狂，一切都泰然处之。

这其实是一种人生的大境界，是一种了悟宇宙、人生之后的大超越。晚年他流放到海南岛后，又把这三句稍一改，写入了另一首《独觉》诗："潇然独觉午窗明，欲觉犹闻醉鼾声。回首向来萧瑟处，也无风雨也无晴。"可见，苏轼是以此来磨砺自己的人格境界，并贯穿在他的生命历程之中。

不管是唐诗，还是宋词，一切的文学作品其实都是生命态度的表达。宋词的魅力正在于此，可能华丽的辞藻让人印象深刻，缱绻的情感让人心动，但是最终回荡在人们心底的，都是词人对于人生遭遇的态度……

延展阅读

定风波·暮春漫兴　辛弃疾

少日春怀似酒浓,插花走马醉千钟。老去逢春如病酒,唯有,茶瓯香篆小帘栊。

卷尽残花风未定,休恨,花开元自要春风。试问春归谁得见?飞燕,来时相遇夕阳中。

定风波·红梅 苏轼

好睡慵开莫厌迟。自怜冰脸不时宜。偶作小红桃杏色,闲雅,尚余孤瘦雪霜姿。

休把闲心随物态,何事,酒生微晕沁瑶肌。诗老不知梅格在,吟咏,更看绿叶与青枝。

六丑·蔷薇谢后作

　　六丑，词牌名，周邦彦首创。南宋周密在《浩然斋雅谈》中记载：周邦彦经常与李师师会面，周邦彦作《少年游·并刀如水》描绘他与李师师二人会面的场景。之后李师师在朝廷举行的让臣民欢饮的宴会上又唱了周邦彦的《大酺》《六丑》两首，宋徽宗问教坊使袁绹是何人所作，袁绹回答说："是周邦彦作的。"宋徽宗又问这曲是什么意思，众人面面相觑，没有人能回答上来。于是，宋徽宗召见周邦彦，亲口问他。周邦彦回答说："昔日的高阳帝颛顼有六个孩子，有才华，容貌却丑，所以用'六丑'。"

正单衣试酒，	仄平平仄仄，
怅客里、光阴虚掷。	仄仄仄、平平平仄。
愿春暂留，	仄平仄平，
春归如过翼，	平平平仄仄，
一去无迹。	仄仄平仄。
为问家何在？	仄仄平平仄？
夜来风雨，	仄平仄仄，

葬楚宫倾国。	仄仄平平仄。
钗钿堕处遗香泽，	平平仄仄平平仄，
乱点桃蹊，	仄仄平平，
轻翻柳陌。	平平仄仄。
多情为谁追惜？	平平仄平平仄？
但蜂媒蝶使，	仄平平仄仄，
时叩窗隔。	平仄⊕仄。

东园岑寂，	平平平仄，
渐蒙笼暗碧。	仄平平仄仄。
静绕珍丛底，	仄仄平平仄，
成叹息。	平仄仄。
长条故惹行客，	平平仄仄平仄，
似牵衣待话，	仄平平仄仄，
别情无极。	⊗平⊕仄。
残英小、强簪巾帻。	平平仄、仄平平仄。
终不似、一朵钗头颤袅，	平仄仄、仄仄平平仄仄，
向人欹侧。	仄平平仄。
漂流处、莫趁潮汐。	平平仄、仄仄平仄。
恐断红、尚有相思字，	仄仄平、仄仄平平仄，

何由见得? 　　　　　　　平平仄仄?

周邦彦

【声律】

◎双调。一百四十字,上阕十四句,下阕亦十三句。

◎押仄声韵。上阕"掷""翼""迹""国""泽""陌""惜""隔"押韵,押八仄韵;下阕"寂""碧""息""客""极""帻""侧""汐""得"押韵,押九仄韵。

《六丑》词牌乃周邦彦首创,格律严谨且多次转调,声韵清亮平缓,声调复杂多变,非得李师师这样词曲天赋兼备的伶人,才能唱得好听。那么,这首词唱的是什么呢?

暮春时节,身在他乡的周邦彦换上了夏装,想到自己羁旅漂泊荒废了很多时光,无奈感叹时光荏苒、芳华难再。他极力挽留春天,但是春光就像美丽的鸟一样飞向天空,一去不复返,甚至是雁过无痕。漫步前行,见枝头光秃秃的,不禁想问:蔷薇花去哪了?原来昨夜疾风骤雨,吹落了柔弱的花朵,散落的花瓣就像是美人的钿钗落地,埋葬了楚国倾国的佳丽,凄美动人。

遥想当年,楚灵王好细腰,朝中大臣唯恐自己因为腰肥体胖而失去宠信,因而每天只吃一顿饭来保持身材。眼前这蔷薇,活脱脱楚灵王朝中之臣,纤细柔弱,不敢多食,只为在风中摇曳生姿。再一回头,想到美人杨贵妃玉殒于马嵬坡,发簪上的花饰散落一地,在泥土中等人收拾。眼前这蔷薇，雨打之后同样散落一地，曾经的美艳与芬芳不再，如今只与泥土为伍。

风雨无情，时光不仁，又有谁来珍惜蔷薇的多情呢？花有情但无人爱惜，好生可怜；人有情但无人回应，不也悲凉吗？落花满地的庭院中，只剩蜜蜂、蝴蝶还在扑打窗格……

词人进入庭院。庭院里不见了姹紫嫣红的春日盛景，只有日渐繁茂的草木在宣告夏天的来临。词人在花丛旁徘徊，不由自主地叹息起来。虽蔷薇花期已将尽，带刺的枝条却依然含情，故意牵绊住行人的衣服，好像有数不尽的离愁别绪要诉说一样。周邦彦怜惜地捡起一朵花，戴在头巾上，但终究不像美人戴花一样摇曳动人。花儿呵，不要跟着流水一去不返，不要带着我的相思远走他乡。

整首词都是在表达惜花之情，但惜花的背后却是对自身命运的感叹。开首二句，"正单衣试酒，怅客里、光阴虚掷"，点明时令、词人身份，抒发惜春心情。值此春去之际，长期羁旅在外的词人，不禁开始感叹光阴虚度。"愿春暂留，春归如过翼，一去无迹"，词人想要挽留春天，但是春天不仅不留，反而逝如飞鸟——走得快，还走得决绝，"一去无迹"。惜春之情一波三折、层层递进，而且只用了十三个字，难怪清代词论家周济评价说，这"十三字千回百折，千锤百炼，以下如鹏羽自逝"。

词人面对凋花遍地、春已逝的残酷现实，不由得心生疑问："为问家何在？"这一问点醒题旨，既突兀直接，又饱含不舍之深情；从下一句"夜来风雨"到上阕结束，皆由此问而出。

"夜来风雨，葬楚宫倾国"，用美人葬身代指蔷薇凋落，以鲜花美人之遭际，譬喻自身羁旅四方、孤独飘零之身世。"钗钿堕处遗香泽"，化用了白居易《长恨歌》中"花钿委地无人收，翠翘金雀玉搔头"的句子，反复吟咏惜春、惜花之情，不断增加新的比喻意象，情感的表现层次也更加细腻丰富。

下阕开始，着意刻画人惜花、花恋人的生动情景。"长条故惹行客，似牵衣待话，别情无极"为一叹，写花恋人。花已不见踪迹，但伸着长枝条，故意钩着行人的衣裳，有同病相怜之意，也写出花落无人怜惜的境况。"残英小、强簪巾帻。终不似、一朵钗头颤袅，向人欹侧"为二叹。词人看见枝条上一朵残留的小花，便勉强簪到头上。虽然与美人钗头上摇曳颤动的花朵不能相比，但好歹有人疼爱。

最后"漂流处、莫趁潮汐。恐断红、尚有相思字，何由见得"为三叹。这里化用了红叶题诗的典故。唐朝后宫宫女众多，宫廷清规斩断了无数少女怀春的情丝。相传，上阳宫女会在红叶上题诗，抛于宫中流水之中，只愿流水载着思慕传给宫外有缘人。有一回，举子卢渥到长安应试，拾得写满情诗的红叶，便保存起来。后来，卢渥娶遣放宫女为妻，不承想，所娶之妻恰好是当时红叶上题诗之人。红叶诗的典故用在这里，表达了周邦彦对家人的思念，正好照应前面"怅客里"的游子之思，构思精巧，用典自然。

从头到尾，整首词构思别致，充分利用慢词铺叙展衍的特点，时而写花，时而写人，时而花人合写，把微妙的情感娓娓道来，不仅表达了词人惜花惜时之情，也流露出了他自伤自悼的游宦之感。

当然，欣赏周邦彦的词，内容上倒是其次，因其大约与婉约派诸词相似，以花鸟楼酒，唱相思仇怨；反倒是格律上，更值得详细品读。一来是因为，周邦彦本人专攻格律，创造了不少全新的曲调；二来是因为宋词格律派自周邦彦开始，在艺术技巧上有了全新的、更高的规范化标准。

要理解这一点，就要从词律的演变说起。词最早来自唐朝教坊曲子词，曲子词是配乐演唱的，所以不太讲究每一个字的平仄调配。后来，温庭筠、晏殊等文人墨客加入写词的队伍，他们把格律诗讲究的平仄和押韵，引入词作，于是就有了小令词的格律。

后来，词的格律进一步完善，便形成了"调有定格、句有定数、字有定声"的形式特点。通俗一点讲，就是作词必须按固定的词牌；一个词牌之下的所有的词，都有固定的句数；每个句子的字数也是确定的，且在押韵上也有固定的要求。以《六丑》为例，便可见一斑。周邦彦首创这个词牌的时候，定下了这个词牌的正体——"双调，一百四十字，前段十四句八仄韵，后段十三句九仄韵"。

本词中的第一句"正单衣试酒，怅客里、光阴虚掷"，其平仄格律为"仄平平仄仄，仄仄仄、平平平仄"。后人在用词牌《六丑》时，便要按照这一格式，比如南宋词人刘辰翁的作品——《六丑·春感和彭明叔韵》，其中首句为"看东风海底，送落日、飞空如掷"，其平仄格律就和《六丑·蔷薇谢后作》第一句一模一样。

当然，同一个词牌也可以有不同的变体。在大规矩不变的前提下，个别句子的长短可以微调。比如，《六丑·蔷薇谢后作》下阕头四句是"东园岑寂，渐蒙笼暗碧。静绕珍丛底，成叹息"，而吴文英所作的《六丑·壬寅岁吴门元夕风雨》则是"红消翠歇，叹霜簪练发。过眼年光，旧情尽别"，变体的三、四句作四字两句，而不是五字一句、三字一句。

由于词和音乐有着极其密切的关系，词句的平仄规范化就是诗词的必由之路。音乐是依照文辞的声律，把字声的平仄阴阳，化成乐音、形成旋律，即所谓依字行腔。

有严格格律的词，是通过以文化乐的方式传唱的。所以前人认为，词调的格律是倚音乐之声而填词的结果，曲的旋律越确定则文体的格律越严。就像乐府古诗，会走向以杜甫为翘楚的格律诗一样，词也必然从不讲平仄的曲子词，变得越来越规范。周邦彦在词的律化过程中，就发挥了举足轻重的作用。他生活在北宋末期，彼时的词坛，苏轼凭一己之力，开拓了词的内容意象和表现风格，并将其文学性发挥到极致。身为婉约词人，想要在词的内容调性上锦上添花，就很难了，若要有所成就，必然要在艺术技巧上出奇制胜。

于是，他开始极其重视词与音乐的配合——这是他最得心应手的部分。首先，他本人精通音律，这活儿干起来不难；其次，在宋徽宗年间，他担任大晟府提举，相当于皇家歌剧院的主管，专门从事古调古音的审定，以及新词新调的创作。这段时间，是周邦彦作品最多的时期，不仅数量多，他还创制了《六丑》《华胥引》《花犯》《隔浦莲近拍》等不少新调。他还利用职务之便，整理了前代和当代流行的八十多种词调，并且根据合歌、长调的需要对格律进行了大面积的整理。

经他整理的词牌，不仅仅讲究平仄、韵脚，甚至精细到仄声的上、去、入都有所区分。而在他之前的填词要求，只要是仄声就可以，不用管上、去、入。同时，他还对词调做了严格的区划，宫商角徵羽丝毫不乱，词谱也逐渐严格精密起来。总而言之，词发展到周邦彦时代，已经将汉字与音律的配合做到了极致。

虽然我们无法亲耳听到李师师吟唱这首《六丑》，但是她与周邦彦的故事却一直为人津津乐道。传闻有一次，宋徽宗生病，李师师以为他不会来了，就悄悄地约了周邦彦。哪知道周邦彦刚到不久，宋徽宗就来了。情急之下，周邦彦赶紧钻到床下躲了起来。宋徽宗走了以后，周邦彦乘兴把他听到的写成了一首词。后来，李师师便将这首词唱给宋徽宗听。宋徽宗知道自己与李师师的会面被周邦彦所知，便将他贬出京城。然而李师师又将周邦彦的一首词唱给宋徽宗，宋徽宗感到周邦彦有才学，又赦免了他，还让他做了专管乐舞的大晟府提举。当然，这般故事都是传闻，不会进入正史，也未必经得住考据。但是类似的故事能流传至今，也足可见周邦彦这个人的确拥有不俗的作词才华……

延展阅读

六丑·自清明过了　陈允平

自清明过了,渐柳底、莺梭慵掷。万红御风,飘飘如附翼。锦绣陈迹。障地香尘暗,乱蜂似雨,漫冶游南国。兰襟缥缈辞湘泽。马迹郊原,燕泥巷陌。伤春为花深惜。叹芳菲薄幸,容易疏隔。庭闲人寂。空余芳草碧。梦里惊春去,如瞬息。长安市上狂客。惊回处,断雨残云倦倚,画阑干侧。相思恨、暗度流汐。更杜鹃、院落黄昏近,谁禁受得。

六丑·壬寅岁吴门元夕风雨　吴文英

渐新鹅映柳,茂苑锁、东风初掣。馆娃旧游,罗襦香未灭。玉夜花节。记向留连处,看街临晚,放小帘低揭。星河潋滟春云热。笑靥敧梅,仙衣舞缬。澄澄素娥宫阙。醉西楼十二,铜漏催彻。

红消翠歇。叹霜簪练发。过眼年光,旧情尽别。泥深厌听啼鴂。恨愁霏润沁,陌头尘袜。青鸾杳、钿车音绝。却因甚、不把欢期,付与少年华月?残梅瘦、飞趁风雪。向夜永,更说长安梦,灯花正结。

一剪梅·红藕香残玉簟秋

一剪梅,词牌名,由周邦彦首创,他有词句"一剪梅花万样娇",故取前三字,以此为名。韩淲有词句"一朵梅花百和香",故又名《腊梅香》;李清照有词句"红藕香残玉簟秋"句,故又名《玉簟秋》。

红藕香残玉簟秋,	⊕仄平平⊕仄平,
轻解罗裳,	⊕仄平平,
独上兰舟。	⊗仄平平。
云中谁寄锦书来?	⊕平⊕仄仄平平?
雁字回时,	⊗仄平平,
月满西楼。	⊗仄平平。
花自飘零水自流,	⊕仄平平⊕仄平,
一种相思,	⊗仄平平,
两处闲愁。	⊗仄平平。
此情无计可消除,	⊗平⊕仄仄平平,

第五章　回归音律本身

才下眉头，　　　　　　　⊕仄平平，
却上心头。　　　　　　　⊗仄平平。

李清照

【声律】

◎双调。六十字，上阕六句，下阕亦六句。
◎押平声韵，上阕"秋""舟""楼"押韵，押三平韵，下阕"流""愁""头"和"头"押韵，押三平韵和一叠韵。

　　不知不觉间已经入秋，李清照和赵明诚已经分别有一段时间了。她徘徊在家门前，盼望着远方的丈夫能够出现，然而映入她眼帘的只有残败的荷花，环绕四周的也只有残留的幽香。入秋渐凉，光滑如玉的竹席带着秋的凉意。李清照解开绫罗裙、换上便装，独自登上一叶兰舟，想放松一下心情。她仰头凝望远天，只见白云舒卷之处，飞来一群大雁。它们将此地的思念寄走，又把远方的思念带回。好巧！它们飞过头顶的时候，月光正洒满西院的亭楼。

　　兰舟顺流而行，伴随着顾自凋零的花瓣，流向远处。建中靖国元年，十八岁的李清照刚刚嫁给门当户对的太学生——赵明诚。两个人才学相当、爱好相投，婚后伉俪之情甚笃，一度成为汴京城内的一段佳话。如果一切顺利，他们将很快拥有自己的孩子；继承家业也好，承袭官职也罢，父辈的聪明头脑和祖辈的财富地位，都会给这个孩子一个无限光明的前途。然而，政治风云变幻莫测，朝廷内激烈的新旧党争很快就把李家卷了进去。李清照的父亲李格非在党争中蒙冤，全家受到株连，被迫返回原籍。原本恩爱相守的李赵夫妇，不得不面对被拆散的残酷现实。

离开京城后，李清照和父母在济南生活了四年，期间她只能与丈夫通过书信往来，诉说思恋之情。这一首《一剪梅·红藕香残玉簟秋》，正是在此期间创作的。

词的上阕以"红藕香残玉簟秋"开篇，它不仅点明了秋意萧疏的时节特点，而且渲染了冷清寂寞的环境气氛，为词人的孤独感提供了背景色。"红藕香残"写户外之景，"玉簟秋"则转入室内，表面上写荷花凋谢、枕席生凉，实质上暗含青春易逝、红颜易老、"人去席冷"之意境。清朝文学家梁绍壬在《两般秋雨庵随笔》中赞美此句"有吞梅嚼雪，不失人间烟火气象"。

"轻解罗裳，独上兰舟"二句，写的是词人在水面泛舟之事。"轻解"与"独上"，栩栩如生地表现出词人的举止。"轻"写手脚动作的轻捷灵敏、生怕惊动别人，颇有几分羞怯善良的少妇心情。正因为是"轻"，所以谁也不知道，甚至连侍女也没让跟着，所以才是独行。"独"字回应了"轻"，同时又点明了下阕"愁"字的症结。

词人独上兰舟，本想排遣离愁，而怅望云天，偏起怀远之思。这一句，钩连上下。它与上句紧紧衔接，写的是舟中所望、所思；而下两句"雁字回时，月满西楼"，则又由此生发。"雁字"可以是眼前实景，雁群回归，嘹唳长空；亦是寄情于景，因为鸿雁常常会引起游子思乡怀亲之情、漂泊羁旅之感，诗词中常用鸿雁传书的意象来代替直白的情感表达。词人苦苦等待一直到"月满西楼"才发现驻足多时、时辰已晚。盼望音讯的她仰头叹望，竟产生了雁足回书的遐想。难怪她不顾夜露浸凉，呆呆伫立凝视，直到月满西楼而不知觉。

下阕"花自飘零水自流"一句承上启下，既是即景，又兼比兴。它所展示的落花流水之景，与上阕"红藕香残""独上兰舟"两句暗中呼应；它所比拟的年华易逝、爱情易伤与离别愁怨，给人以"无可奈何花落去"之感，也给人"水流无限似侬愁"之恨。

"一种相思，两处闲愁"，这一句由己及人，是有情人之间的心灵感应，也是夫妻相互爱慕、温存备至的客观描述。"此情无计可消除，才下眉头，却上心头。"相思之情笼罩心头、无法排遣，刚刚从紧皱的眉头离开，转身就钻入了心头。"才下""却上"两个词用得很好，真挚的感情由外转向内，迅疾的情绪变化打破了故作平静的心态，把相思之苦表现得极其真实形象；独守空房的孤独与寂寞充满字里行间，表达了绵绵无尽的相思与愁情，感人至深。这句词与李煜的"剪不断，理还乱，是离愁，别是一般滋味在心头"，有异曲同工之妙境，堪称千古绝唱。

整体上，《一剪梅》风格细腻，给景物以情感，进一步体现词人的心情，并以女性特有的沉挚情感，以及不落俗套的表现方式，展示出一种格调清新、意境幽远的婉约之美，因此经久不衰。

其实，李清照的《一剪梅》不仅内容精彩，而且富有音乐美。

细细研读李清照的词就可以发现，李词音律和谐而优美、平仄分明，感觉是一曲富有节奏、曲调动人的优美弦乐。这不仅是因为李清照自身的音乐天赋极高，更是因为她在创作理念上就特别强调词的音乐性。

我们之所以会讨论词的音乐性，是因为词原本就是配乐演唱用的，这决定了词这种文学体裁从创作到表演都需要与节奏韵律搭配起来，从形体到内质都需要具有音乐的起伏与特色。李清照在她的《词论》中，写到了对词的音乐性的认知："诗文分平仄，而歌词分五音，又分五声，又分六律，又分清浊轻重。"可见，她对音律的讲究极深。其实，宋词的创作，在很大程度上，是"先乐后词"，也就是先有某种乐调曲拍，再按照谱子的节奏要求填制歌词，这个过程称为"倚声"或"填词"。

除此之外，宋词的句式结构也在一定程度上赋予了宋词音乐美。宋词有一个突出特征，即句式长短错落、参差不齐。宋词的句式种类繁多，最短的句式仅仅只有一个字，最长的可达到十一个字。这种句式结构已占据了当时词体的绝对主导地位，成了宋词的一个标志。宋词参差多变的长短句式，形成一种韵律跳跃之感，再加上精致严谨的文字与声乐相结合，更是给予人千姿百态的流动之美。

宋代的词作者大多精通音律，所以能够依调填词、依调准腔。他们在字句、声韵、格律方面，主动自觉地寻求与音乐曲调的配合，使得宋词在字声、用韵等各个方面都更趋于丰富复杂，将音乐美和韵律美表达得淋漓尽致。周邦彦便是其中的佼佼者。从词调音乐的本质而言，在创作之前首先要协调音律，然后找到合适的唱法；填词的时候，既要顾及音乐的因素，也要注意感情的抒发。在对词乐创作的认识上，清朝文人江顺诒在《词学集成》总结，"撰词谱者，当列五音而不应列四声，当分宫商之正变，而不当列字句之平仄"。实际上，这就是以乐谱作为词人填词作乐歌的参照和依据。文人产生这种认识，也是基于词乐创作的规律形成的。

当然宋代还是有文人不注重词的音乐性的。李清照在《词论》后半部分，便依次批评了柳永、苏轼等北宋著名词家，批评他们未能遵从词律的要求，不懂得诗文分平仄；词作不分五音、五声、六律及清浊轻重。在李清照看来，词的音乐性是词作本身的第一生命，然而"晏元献、欧阳永叔、苏子瞻，学际天人，作为小歌词，直如酌蠡水于大海，然皆句读不葺之诗尔"。李清照认为，他们违背了词的本性，可以说是尚未得其门而入。

虽然李清照格外重视词的音乐性，但是她却不反对在词中引入诗文的写作技巧和风格特色。可见李清照既严守声律的形式，又着眼于内容的创作。在《词论》中，李清照提出了"别是一家"的观点，提出了关于词的见解和要求，包括词的高雅、浑成、协乐、典重、铺叙、故实等特征，维护了词的艺术体性，维护了词的传统风格——这是她对于词的发展所做的突出贡献。